著 みかみてれん
画 竹嶋えく
わたしが恋人に
3
なれるわけないじゃん、
ムリムリ！
（※ムリじゃなかった!?）
JN030504
Friends?
Lovers?
ARE

ドキドキしながら
改札をくぐると、そこには──。
「あっ、れなちゃん。
こっちこっち」
そこには一輪の花が
咲くように、
紫陽花さんが立っていた。

わたしたちは
並んで温泉に浸かる。
隣を見ると、紫陽花さんの
お胸が視界に入って
しまいそうなので、
頑なに正面を向いたまま、だ。
「そ、そうですすねえ……」

「あー、いたあー!」
誰もが花火を見上げている中。
そこには、満面の笑みを浮かべた
少女の姿があった。

瀬名《せな》紫陽花《あじさい》
「ウワー！
カワイイー！」
わたしは思わず
叫んでいた。
甘織《あまおり》れな子《こ》

「ふぅ……お湯加減、いいねえ……」

王塚真唯《おうづかまい》
「れなちゃん――」
片手をいっぱいに伸ばした、
浴衣姿の女の子。
紫陽花は、その姿に
目を奪われて――。

CONTENTS

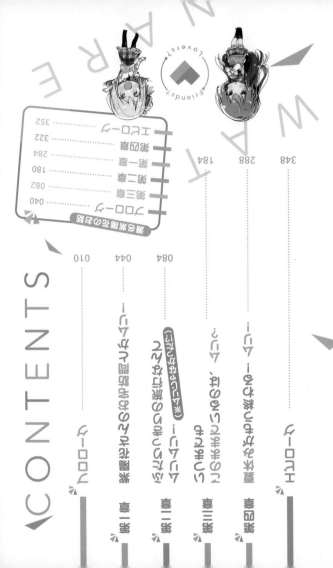

ダッシュエックス文庫

わたしが恋人になれるわけないじゃん、
ムリムリ！（※ムリじゃなかった!?）3

みかみてれん

プロローグ

つらい、にげたい、かえりたい。

わたし——何の変哲もない高校一年生、甘織《あまおり》れな子は椅子に座って、ただ時を待っていた。

ば、場違いも甚《はなは》だしい……！

周囲を見渡せば、そこらじゅうみんなキラキラで、業界人らしい人たちが行き交っている。

きっとこれからの日本を担《にな》うような大事なお洋服の話で、忙しいのだろう。

それなりに若い子もチラホラとはいるけれど、みんながみんな、別次元の人みたいに華やか。

ちょこっと着飾っただけの小娘であるわたしは、周囲の圧に深海魚さながらぺしゃんこにされそうであった……。いや、実は気づいていないだけで、内臓のふたつや三つはもう潰《つぶ》れているのでは……？

夏休み真っ盛り、ここは渋谷《しぶや》のホール。ファッションショーの会場であった。

しかし、きょうばっかりは騙《だま》されてやってきたわけじゃない。

宿題ゲームゲーム宿題ゲームゲームゲームで消化されてゆく夏休みに、わたしは危機感を覚えていた。

いや、それはそれで最高の人生なんだけど、とはいえささいな憧《あこが》れから陽キャを目指すことを決めたこのわたし。だらけた夏休みを過ごしていたら、すっかり精神性が高校デビュー前の引きこもりに戻りそうで、そりゃさすがにヤバでしょ、って。

なんたって三ヶ月も心をすり減らしながら、がんばってきたんだ。それが夏休み明けにまたレベル1からの再スタートとか、地獄のようなもう一回遊べるドン！　である。許してくれ。

かといって、クーラーの効いた部屋から一切外出しないわたしにそう都合よくイベントが発生するわけもなく……と思っていたところに、友人からのお誘い。

わたしは感謝とともに飛びついた、というわけだ。

徐々に辺りの席が埋まってきた。

存在を消して風景に溶け込むために何度も目を通したパンフレットを、再び熟読する。

アパレルブランドＱＲ。

そこにはひとりの金髪の女性の姿がある。

編み込んだ金色の髪に、コサージュを飾り、毅然《きぜん》と背を伸ばして正面を見据えている流麗な美人。王塚真唯《おうづかまい》。

彼女とわたしは、お互いの素《す》を見せ合った『れまフレ』という名の友人関係であり。

そして——。

そのとき、パッパッと光が消えて、世界は闇に落ちた。

ステージに照明が差し込み、浮かび上がる。

体の奥に響くような重低音が流れ始めて、開始前のひりついた緊張感と、そしてなにかすごいことが始まるのだという壮大な予感に、全員の目がステージに引き込まれた。

平凡なわたしの日常を切り裂くように、ランウェイに次々とモデルさんが現れる。

うっわ……頭小さくて、足なっが……。

わたしと同じぐらいの若い人も、それよりずっと年上の人もみんな、スッスッと踊るように、滑るように歩いていく。

ファッションショーだからもちろん着ているモノが主役なんだろうけど、やっぱりそれを身にまとっているモデルさんたちにどうしても目がいってしまう。

いや、まあ、仕方ないよね……。街でひとりかふたり見かけたら、『あの人めちゃくちゃスタイルよかったね！』ってひとしきり盛り上がっちゃうような女性が、こんなにも集まっているんだから……。認識がおかしくなりそう。

服の良し悪《あ》しは、まったくわからんけどね！

はー、わたしの夏休みがグングンと充実してくる気配を感じるわ……。

しかし。

ショーが続いていっても、真唯の出番はなかなか訪れなかった。

もしかしたらわたしが、いつの間にか気を失っていて、その間に登場しちゃったのだろうか——と不安に思っていたときだった。

ひとりの女の子が現れる。

よく知っているはずの——しかし、初めて見る少女だ。

彼女は全身に光と色彩をまとい、正面を柔らかく見つめながら歩いてくる。

その一歩一歩が、彼女のこれまでの過去と、そしてこれからの輝かしい未来を想起させるような足取りで。わたしは緊張も忘れたように、口を開いたまま彼女を見つめていた。

そのウォーキングは、優雅に海を泳ぐ人魚に似ていた。

潜水艦の窓から、人とは違う幻想的な存在を覗《のぞ》いている気分だ。

ランウェイを横切る少女は、視線も、指先も、その髪先すらも、すべてなにもかも、人々を魅了するための存在で、わたしは圧倒された。

折り返して歩き去る真唯の後ろ姿を見送って、わたしは思い出したように深く息をつく。

この世ならざる神秘を垣間見《かいまみ》たように、わたしの胸のドキドキは、しばらく収まらなかったのだった。

ショーが終わって、会場には明かりが灯《とも》った。

真唯はアパレルブランドQRのトリだったみたいだ。それがどれぐらい価値のあることなのかわたしにはわからない。きっと、雲の上の話なんだろう。

わたしはゲームを一本クリアーしてエンディングを見終えたような気分で、しばらく椅子にへたり込んだまま動けなかった。

いやー……。

わたし、始業式にとんでもない人に話しかけちゃったんだな……。

いやはや、モテるはずだよ、あんなの……。学校の真唯を見て、真唯を知った気になっていたわたしがどうかしてた。もしもモデルとしての真唯を先に知っていたら、三年間真唯のことを遠巻きに眺めては、胸を苦しくするだけの日々を送っていただろう。

だとしたら、まあ、よかったのかな……。

さ、帰ろ……。

と、席を立とうとしたところで、真唯がやってきた。

「やあ、楽しんでくれたかな」

ひえっ。

さっきまでランウェイを歩いていた美少女の登場に、わたしの鼓動が跳ねあがる。

わあ本物の王塚真唯さんだ……。わたし、ファンだったんです！　きょうはお話しできて光栄です〜〜！　うわあもう死んじゃってもいい〜〜〜〜〜！

感涙《かんるい》とともにファン丸出しのセリフが口から飛び出てきそうになり、必死に自重した。

「す、すごかったよ！　すっごくきれいだった！」

結果、子供みたいな感想しか出てこなかったのだけど……語彙《ごい》！

しかし真唯はそれだけで、どこか安堵《あんど》した笑みを浮かべた。

「そうか、それならよかった。いや、れな子に見られているというのは、なかなか緊張してしまうものだな」

真唯の言う緊張はきっと、いいパフォーマンスを出すために必要な要素とか、そんな感じなんだろう。頭真っ白でなにも言えなくなるわたしの緊張とは、違う概念《がいねん》なんだろうな……。

「でも、終わった後にすぐモデルさんが会場にやってきて、大丈夫なの？」

真唯は編み込み髪のままだし、メイクもまだショー用のきらびやかなものだった。

「ああ、きょうはメディアとバイヤー向けの、ＱＲが開催したランウェイショー形式のショーだからね」

「なるほど」

わたしはなにひとつわかっていないのにうなずいた。モデルさん相手にわざわざ解説の手間をかけさせるのは申し訳ないので……。

すると真唯はくすりと笑って。

「つまり、きょうは関係者をもてなすのも、私の仕事ってことだよ」

「な、なるほど！」

真唯の優しい笑顔に、わたしはコクコクとうなずく。

ああもう、ドキドキしてしまう！

これか。しょうもないバンドマン彼氏が、ステージにあがるとかっこよく見えてしまうの法則は！　こいつ、わたしに膝枕《ひざまくら》されて悶《もだ》えてた女と同一人物なんですよ。見えねえ！

ひとりでドタバタしていると、真唯はそのやたらと造りの良い顔を近づけてくる。

「どうしたんだい、れな子。ずいぶんと顔が赤くなっているみたいだけれど、さては惚《ほ》れ直してくれたかな」

「そ、そもそも惚れてませんので！　直すも直さないもありませんので！」

「そうかい？　残念だな。ふたりきりなら、ここで君の心臓の音を聞いて、答え合わせをしたかったところだけど」

「くっ……」

真唯を前にすると、どうしても素直にお喋《しゃべ》りができない。

だいたいなんでこの人わたしのことが好きなの……？　真唯からは『運命の人だから』って言われているけど、たまたまわたしが倍率70億倍の宝くじに当選しただけでは？

真唯に言わせるなら『だとしても当選したのは君だ』ということなので、謹《つつし》んでその幸運を受け入れる他ない……という気分にさせられちゃうから、わたしは反抗するんだよ！

「ま、まあ……惚れ直したとかはともかく……す、すごく真唯ってすごいんだなとは、思いましたけどね……。ま、前よりちょっと、好きになったかもね……」

わたしのかなり限界近い譲歩《じょうほ》に、真唯は頬を緩《ゆる》めた。

「まったく、君は意地っ張りだな」

「そ、そんなことないし！　今のはけっこう……素直になろうと、がんばったし……」

「……そうだね。嬉しかったよ」

さ、ささやかないでくださぃ……。わたしは思わず恥ずかしくてうつむいてしまう。

大丈夫かなこれ、周りから『なにあの女同士イチャイチャしているんだ？』って思われてないかな……。いや大丈夫です。だってわたしと真唯はただの仲いいお友達ですから！

「せっかくだから、君とどこかに寄って帰りたかったのだけど、きょうはこの後に何件か取材が入っていてね。久しぶりに会えたのに……残念だ」

「あ、そうなんだ。なんか真唯、夏休み忙しそうだね……」

「……うん、ちょっとね。すまない。君を必ず幸せにすると、私たちの結婚式で誓ったのに、寂《さび》しい思いをさせてしまって」

どうやら忙しすぎて、幻覚まで見ているようだった。可哀想《かわいそう》に。

「まあ、メッセージとか……たまになら、電話とかでもいいから、ね」

「ぎゅー」

「ぐえ」

こんな公衆の面前で抱きつくな！

いや、まあ、女の子同士のハグなんて誰も気にしないのはわかってるけど！　わたしが恥ずかしいんだってば！　いい匂《にお》いする！

「よし、れな子成分をちょっとは補給した。これでもう少しがんばれる」

「そ、そりゃよかったね……」

「ちなみにこの後ふたりで行政書士立ち会いのもと、婚前契約書を作成させてもらえれば、さらにもっとがんばれるのだけど、どうかな？」

「どうとかじゃないよ!?」

帰って調べたところ、欧米では四組に一組のカップルが結婚前に婚前契約書《プリナップ》を作成するらしい。わたしは日本人だ……。

「ていうか、きょうはそんなに遅くなるわけにはいかなくて。いや、用事がなくても婚前契約はしないけども」

「そうか。君は明日、紫陽花《あじさい》の家に遊びに行くんだったな」

……なんで知ってんだ……？

真唯の笑顔に底知れぬものが混ざったような気がする。いや、これはわたしの邪推か!?

「そ、そうですけど……」

「うん。紫陽花と仲良くするんだよ。私は明日も仕事があるから、遊びに行けなくて残念だ」

え？　いや来る気だったの？　とは言えず。

「残念だ。いやあ残念だ」

真唯は以前、紫陽花さんに嫉妬《しっと》して、わたしに襲いかかったという前科がある。天も地も人もすべてを掌握《しょうあく》しているように見える真唯なのに、なぜわたし相手に……。

いやむしろ、だからこそ手に入らないものに躍起《やっき》になるのか……？　わからない。

わたしは身を固くして、真唯を見やる。

「ま、また今度、遊ぼうね……」

「うん……そうしよう」

真唯は健気《けなげ》な笑みを浮かべた。

「それじゃあ、私も行くよ。余計なことを言ってすまなかった。私は気にせず、紫陽花と楽しんでくれ。彼女は私の大切な友達でもある。ふたりが仲良くしていると私も嬉しいんだ」

うっ。

わたしは真唯がどれだけわたしに対して欲望を抱いているのかを知っているから、こういう風に身を引く態度を見ると、なんだか心にくるものがある……。

お母さんであるわたしの懐《ふところ》事情を気にして、『私はお腹《なか》へってないから、だいじょうぶだよ』って微笑みながら、いちばん安いかけそばを頼む娘を見ているような……。

せいぜいわたしにできることは、そんな真唯に一生懸命エールを返すことぐらい。

「こ、こっちこそ、きょうは誘ってくれてありがとうね。お仕事、がんばってね!」

手をぎゅっと握りながら告げると、真唯は眩《まぶ》しい笑みを浮かべた。

「いつでも美しい私を見せられるよう、がんばるよ。来てくれて、ありがとう」

夢に見そうなほどに綺麗な笑顔を残して、真唯は去っていった。

はー。久々に会って、すごいところを見せられたからか、まだ胸の高鳴りが収まらない。

まるでわたし、真唯に恋をしてるみたいじゃーん…………なんてね!

危ない危ない。度胸試しに屋上の縁《へり》で片足立ちするような真似はやめよう。いつかまじで取り返しのつかない大怪我《けが》するから。

と、そこで。

「モデルと、ずいぶん親しげに話していたのね」

いつの間にか──わたしの隣には、金髪の女性が立っていた。

長い髪を、高さの違うツインテールに結っている。着るものには頓着《とんじやく》していないのか、簡素なワイシャツにタイトなミニのスカート。

研究所にこもりきりの科学者みたいな、超然とした雰囲気の女性だった。

身長は、わたしよりもずっと小さい。二十歳《はたち》そこらぐらいなのかな。でも、きっとセレブなんだろうな……。なんか場慣れしてるっぽいし……。

「えっ、えっと……」

知らない人に話しかけられてしまったことに対して動揺しつつも、うなずく。

「は、はい、あの、クラスメイトなんです」

「そう。どれぐらいの仲良しなの？」

「どれぐらい」

めちゃくちゃ難しい質問きちゃったな。

客観的に言えば、キスする仲です！　なんだけど、言えるわけがない。

「えーと……わたしが一方的に彼女を友達だと思い込んでいるわけではなく、彼女もわたしのことをきっと大切に思ってくれているとそれなりの確度で信じられる程度には……友達です」

それはわたしにとって、最上級の友達評だったんだけど。

「それで、もう抱かれたの？」

「えっ!?」

なにこの人!?　わたしの話聞いてた!?

いつでも逃げ出せるよう及び腰になる。金髪ツインテの女性は、表情を微動だにせず。

「あのモデルの雰囲気が、六月頃から大きくコンヴァージョンしたの。燃え盛るようなヴァーミリオンが、丸みを帯びたマゼンタに。急な変化はモデルの属性を変質させるから。なるべく、原因は知っておきたいの。それで、抱かれたの？　それとも抱いたの？」

「ど、どっちもしてません！」

ていうか前半、何語？

「ま、いいのよ」

彼女はツインテを指で弄《もてあそ》びながら、振り返ってきた。

一枚の紙片を差し出してくる。

「あの」

「結局、どちらでも。私は変化の根拠を知りたいだけなの。あの子のお友達なんでしょう。なにか困ったことがあったら連絡して？　一日15分は休憩を取るようにしているの。タイミングが合ったら、電話にも出られるのよ」

「96分の1の確率で！」

それは名刺だった。受け取ると満足したのか、女性はさっさと歩き去っていった。

なんだあの金髪ツインテールさん……。アニメキャラみたいな人だったな……。押しの強さとか、キャラの濃さとかも……。

さすがファッションショー。個性を売り物にする会場だ。いろんな個性的な人が集まってくるんだなあ……と、名刺を眺める。

オシャレすぎて読めない！

なんとか商事なんとか係みたいな、四角さがまるでない。あまりにもデザイナーズな名刺。

日本語ですらない。

会場を後にしたわたしは、四苦八苦しながら筆記体のアルファベットを読み解く。

ええと、ええと……。

渋谷駅についてホームへ。電車を待ちながら、その間もずっと名刺を睨んでいた。運よく座れた電車内で、周りには聞こえないようぶつぶつと独り言をつぶやく。

「Renée Ohduka……ルネ、オーヅカ……？」

……ん？

鞄《かばん》の中に押し込んでいた、熟読してよれよれのパンフレットを開く。

そこには横顔の写真が印刷されていた。

王塚ルネ。アパレルブランドQRのCEO兼メインデザイナー。

すなわち。

──真唯のお母さんじゃん!?

わたしは電車の中で、あわや叫ぶところだった。


「ただいまー……」と家に帰ってくると、玄関には多めに靴が散らばっていた。どれもこれもキュートでピカピカな靴ばかり。

うっ、わたしの陽キャレーダーに強めの反応が……これはさては妹の友達……！

わたしは忍び足で、自分の部屋へと向かう。

妹は昔からよくかわいい友達を家に招いては、わたしに肩身の狭い思いをさせるのだ……。ま、おかげさまで気配を消すのは得意になったたってわけ。クセになってんだ、（自分の家で）音殺して歩くの。

しかし妹の部屋の前を通りがかったところで、タイミング悪くドアが開いてしまった。

「あ、お姉ちゃん」

「げ」

友達が来てるときの妹と顔を合わせると、すぐ『どっかいけ』と野良犬扱いされるのが今までだったけれど。（わたしはそれなりに傷ついてきたのだけれど）

最近はこうして認識されるようになってきた。引きこもりを脱却し、わたしも人に近づいてきたのかもしれない。

いや、自虐《じぎゃく》はよそう。わたしはもはや、妹からの尊敬を一身に集めるスーパー陽キャお姉ちゃんなのだ。家庭内の地位もトップカースト。存在感は太陽の如《ごと》く、だ。

で、ラフな格好の妹が、おめかししたわたしを上から下まで眺めてきて。

「あれ？　どっか行ってたの？」

家にいないことすら気づかれてなかった!?

くっ……。天にふたつとないこのわたしに向かってよくもそんな口を……っ！

「ええとちょっと、渋谷にね」

立ち話をしていると、部屋の中の子たちに気づかれてしまった。

「あ、噂《うわさ》のお姉さんだ。お邪魔してます」

「うっそ、まじ？　かわいいぃ～」

ウワー、陽キャだー！

ひとりはスポーティーなボブカットの女の子。もうひとりは、髪を思いっきり明るく染めた、肌の白い女の子。どちらもかなりの美少女だ。

年下相手なのに緊張して、身を固くしてしまう。

家の中でこんな目に遭《あ》うなんて……しばらくリビングでもぞもぞしていればよかった……。

すみませんわたし太陽でもなんでもなくて、日陰の小石です……！

しかし挨拶《あいさつ》された以上、今さら無視するわけにはいかない。この世界はローディングがない代わり、建物に入った時点でオートセーブされることもないから……。

「こ、こんにちは。妹がいつもお世話になっております」

なけなしのコミュ力を振り絞って、精一杯の笑みを浮かべる。

堂々と……。ここはおうち、わたしのテリトリー……わたしに最も力をくれる聖地……。

そう、いうて相手は年下。余裕たっぷりにあしらってあげれば、数秒程度は化《ば》けの皮を見破られることもあるまいて……。

するとと、明るい髪の子がトコトコやってきて、わたしの腕をむぎゅっと摑んだ。

なに!?

「ねぇねぇ～、おねーさんもこっち来てお話ししましょうよぉ」

人懐《ひとなつ》っこくて甘ったるい笑顔が、わたしを下から覗《のぞ》き込んでくる。

ひい……自分がクラスでいちばん可愛いってことを自覚しているような、自信満々の微笑みだよう……こわい……。

冷房の効いた涼しい部屋に引っ張り込まれた。化けの皮はもう片耳にかけただけのマスクみたいにべろんべろんだ。

「さっきまでおねーさんのお話ししてたんですよぉ」

「そ、そうなんだー」

わたしの隣には、ぴったりと明るい髪の美少女がくっついてきた。

二の腕がしっとりして、サラサラ……これが年下のもち肌……。

「ちょっと星来《せいら》。お姉さん、引いてるから」

「ええー、そんなことないよぉ。ねえ、おねーさん。おねーさんってば、あの王塚真唯とオトモダチなんですよねぇ?」

「え?　ああ、うん」

ふたつの音声ボタン（うんとそうなんだ）だけで、なんとか会話のフリをしていたわたしは、じゃっかんホッとした。この子はわたしに興味があるわけじゃなくて、真唯の話が聞きたいだけだとわかったからだ。

当たり前だよね。こんなかわいい子が、わたしなんかに興味をもつはずもない。

「わぁ、やっぱり～」

手を打って、明るい髪の子がずいっと身を寄せてくる。

「おねーさんってぇ、美人さんだし、すらっとしてて、オーラあるなぁ、って一目見て思っちゃったんですよねぇ～」

「え!?　いや、え!?」

この子の目は節穴か？　そんな急になにを……。

「ねぇねぇ、私とも仲良くしましょうよぉ～。連絡先交換しましょ？」

「ちょ、ちょっと妹……」

わたしが助けを求めるように妹を見ると、しかしそこには予想外の光景。

妹のドヤ顔があった。

「まっ、しょうがないよね！　なんたってうちのお姉ちゃんってば、あの王塚真唯の、無二の親友なんだから、さ！」

こいつ！　さてはわたしの妹だな!?

今、めちゃくちゃ血の繋《つな》がりを感じてしまったよ！　虎《とら》の威を借る狐《きつね》の家系だ！

ひょっとしてお前、それ中学で言いふらしているんじゃないよな……？

「無二の親友って、いや、そんな……」

それはあくまでも目標であって、いずれそうなるはずだけど……。

わたしが顔を曇らせると、後輩たちのきらきらした瞳にも翳《かげ》りが差す。

まずい。

「——ま！　そうだけどね！」

「やっぱり、さすが！」

妹に拍手《はくしゅ》され、胸を張るわたし。

甘織家、先祖代々続く道化《どうけ》の家系か？

後輩たちは再びはしゃぎながら。

「ええ～、すご～い！　もしかしておねーさんセンパイも、モデルとかやってたりするんですかぁ？」

「え？　いやまあ、ど、どうかなー？」

含みをもたせながら笑みを浮かべると、妹が爆笑していた。

「お、お姉ちゃんがモデルって……！　そんな、モデルって！　モデル！（笑）　ムリムリ！お姉ちゃんがモデルなんてムリムリ！（笑）　※ムリだった！（爆笑）」

ぶっ殺すぞ。

転げ回って笑う妹を、一生笑えなくしてやりてえ……。

わたしはぷるぷる震えながら、カバンの中からパンフレットを取り出し、見せつけた。

「確かにモデルはムリかもだけど！　でも、きょうわたし真唯に招待されてファッションショー見てきたんだから！」

すると、ずっと大人しかったボブの子が「ぎゃあ」と叫んだ。なに!?

「クイーンローズのファッションショーじゃないですか！　えっ、いってきたんですか!?　お姉さん！　ナマで!?」

「え、あ、うん」

「やばいよこれ……。ね、ちょっと星来、遥奈《はるな》、やばいよこれ！」

「え～？　よくわかんないけどすご～い！」

「ま、うちのお姉ちゃんだからね！」

ボブの子にぱんぱんと背中を叩かれて、明るい髪の子が微笑み、妹がドヤる。

「クイーンローズはここ十年で日本におけるリアルクローズのもっとも代表的なブランドとして世界でも多くの愛好者を生み出しているんだよ！　その活躍は東都《とうと》コレクションにとどまらず、いまや世界四大コレクションにすら参加しているほどなんだから！」

熱弁を振るう子にウンウンとうなずくわたしは、そうか、ＱＲってクイーンローズって読むんだ……って思った。

「湊《みなと》ってば、ほ～んと服好きだよねえ。遥奈んちに行くってときには、興味なさそうにしてたくせにさ～」

「……わ、私が興味あるのは服であって、別に王塚真唯に興味があるわけじゃないから。いや、王塚真唯は確かにクイーンローズのスターモデルで、嫌いなわけじゃないけど……てか、星来こそただのミーハーでしょ！」

「え～？　そんなことないけどぉ。だってあたしの将来の夢、モデルだし～？」

ここだ。

ふたりのターゲットから外れたタイミングを見計らって、わたしはそそくさ立ち上がる。

「そ、それじゃあ、あたしは部屋に戻るから、ゆっくりしていってね」

王塚真唯の親友にして、ファッションショー帰り。中学生たちの尊敬を一身に集める陽キャの中の陽キャであるわたしは、ふぁさぁと髪をなびかせながら部屋を出ようとする。

そこで、明るい髪の子が甘ったるく呼び止めてきた。

「ありゃ？　おねーさぁん。なにか落としましたよぉ」

「え？」

パンフレットの間に挟んでいた一枚の紙片だった。

「あ、それは」

明るい髪の子、ボブの子、それに妹が覗き込む。

「会場で、もらった、名刺……」

『――王塚ルネ!?』

明るい髪の子とボブの子が、同時に叫んだ。


そこからがまた、大変だった。

『クイーンローズの王塚ルネ!?　あの世界的なデザイナーの!?』

『魔法使い《リトルウィッチ》のオシゴトって、こないだテレビで特集されてた！』

わたしは質問攻めにされ、だんだん胃が痛くなってきて。最終的には逃げるように自分の部屋に帰ってきた。

すごいのはあくまでも真唯と、真唯のお母さんであって、わたしではないのだ……。

お出かけ用の服から、ちゃっちゃと着替えて部屋着になる。

メイクも落としたいけど、それは妹の友人たちが帰ってからだ。

はぁ、とため息をついて、ベッドに寝転がる。

「つ、つかれた……」

っていうか、余計なことをした。

後輩に懐かれて夏休みの間、しょっちゅう我が家に遊びに来られても最悪だし、すぐにボロを出して失笑されるのも嫌だ……。『王塚せんぱいはすごいけど、あの人なんなの笑。ただの腰ぎんちゃくなんじゃん笑』ってさ……。

そんな落差に耐え切れない！

パンフレットなんて見せなければよかった！　わたしはなんて愚かなんだ！　目先の快感のために分《ぶん》もわきまえず！　引きこもりの元陰キャ女で、ブランドなんてユニクロとGUしか知らないくせに！　恥を知れ！

他人の威光を笠《かさ》に着た分だけ、自《みずか》らを刺すナイフの斬れ味が鋭くなっている……。そういうシステムになっていたのか……。

わたしが頭を抱《かか》えてベッドでごろごろしていると、スマホにメッセージがきた。

涙目で画面を見やる。

こんな承認欲求まみれの浅ましい女に、いったい誰が連絡を……？　わたしなんかに構ってくれる人が、この世にいるのか……？

『明日、13時に駅前でいい？』

瀬名《せな》紫陽花――紫陽花さんからのメッセージだった。

うう……わたしの天使ぃ……文字までかわいい……。

高校で知り合った紫陽花さんは、優しさが美少女の形をして歩いているような人である。

自己嫌悪の沼に沈み込んでいるときに、紫陽花さんのメッセージは、しみた……。

だけど、こんな人間の愚かさを煮詰めたような存在であるわたしが、果たして大好きなエンジェル紫陽花さんの時間を奪っていいのか……？

しかし、しかしだ。ここで仮病《けびょう》を使って『ごめん、夏風邪《かぜ》ひいちゃったみたいで、明日はムリそう……』って言ったらだよ。

紫陽花さんは心から心配してくれるんだよ……。

『ええっ、大丈夫!? れなちゃん、お大事にしてね！』ってさ。

わたしは部屋でＰＳ４のコントローラーを握りながら、どんな顔でゲームしていればいいの？ それもう心壊れてない？ 夏休み明け、ぜったい不登校になるでしょ。

二度と紫陽花さんに合わせる顔がなくて、家族ともろくに喋らず、もちろんバイトなんてできなくて、死ぬまで部屋でゲームをするだけの人生……。これが天使を欺《あざむ》いた罰……。

終わってる。わたしはこの日、残されたすべての力を使い果たし、紫陽花さんに返信した。

『オッケー！』

文字はいいな……。どんなに元気がなくても、ビックリマークをつければ元気いっぱいで前向きに見えるもんな。わたしも文字になりたい。

心を無にして精神力を回復させているうちに、夕食の時間になった。

メイクを落としたわたしが食卓につくと、妹はやたらとニコニコしている。

「へへっ、お姉さま、あたしの唐揚げ一個あげよっか？」

よほど自尊心が満たされたのだろう。猫撫《ねこな》で声をあげてくる。こっわ。

「い、いらない……」

「えー？　そっかぁ。じゃあじゃあ、友達が連絡先交換したいって言ってたやつだけどさ」

「妹よ……わたしが言えた義理ではないかもしれないが……」

「な、なにさ」

わたしは静かに首を振る。

「人の功績を借りて、実力以上のものを見せようとすると、後が辛《つら》いぞ……」

「…………ぐっ」

普段は清く正しくちゃんと人間をしているはずの妹は、珍しく図星を突かれたように、ダメージを受けた。

「お姉ちゃんごときに諭《さと》されるなんて、一生の恥……」

「一言多いんだよ！」

＊＊＊

そして来《きた》る翌日、七月の終わり。

わたしはお昼過ぎに、家を出た。

昨日はちゃんと準備を済まして、二時間早くベッドに潜《もぐ》ったんだけど……。

紫陽花さんの気を悪くしないように、迷惑をかけないように、嫌われないようにって、がんばって会話のシミュレーションをしていたら、二時間も経《た》っちゃっていて……結局、寝たのはいつも通りの時間。ぐう。

駅までの道のりの間、太陽はわたしの気力を焼き尽くすかのように、ギラギラと輝いている。もっと人間に手加減してくれ。

足を引きずるみたいに歩いて、電車に乗った。

待ち合わせは、三駅先。紫陽花さんちの最寄《もよ》り駅。

急に強い冷房に当てられたせいか、がちでお腹痛くなってきた。

ずっとずっと、楽しみにしていたはずなのに。

緊張で手足の先が痺《しび》れてくる。

なんかさ、学校がある日に『じゃあきょう帰りに遊ぼう』って言うのと、夏休みにわざわざふたりだけの時間を作って遊ぶのって、こんなにも違うものだったんだね……。

やっぱり、やめたほうがよかったのかな……。わたしごときが紫陽花さんちにお呼ばれされるなんて、そんな大役果たせないいんじゃないかな……。

行ったところで紫陽花さんを退屈させてしまい『学校でのれなちゃんとは楽しくお喋りできたけど、やっぱりプライベートで長い時間一緒にいるのは無理だったねｗ』って見切りをつけられるのが、こわい。

昨日もそうだったけど、わたしはそもそもそんな大した人間じゃないのを、精一杯大きく見せているだけなので……底の浅さを知られるのがとてもこわい。

先延ばしにしたり、逃げ出したら。少なくともバレる心配はなくなるのだ。

電車の窓ガラスに映る自分の姿は、妙に顔色が悪く見える。

お化粧はいつも通り軽く。前髪もちゃんと作ってきたけど、まだまだ時間をかけたほうがよかっただろうか。

懊悩《おうのう》している間に、電車はわたしを乗せて、目的地へと連れていってしまう。

電車を降りて、ホームへ。ドキドキしながら改札をくぐると、そこには――。

「あっ、れなちゃん。こっちこっち」

そこには一輪の花が咲くように、紫陽花さんが立っていた。

「ウワー！　カ、カ、カ、カワイイー！」

わたしは思わず叫んでいた。

「えっ、ええっ？」

私服姿の紫陽花さんを見るのは初めてだ。

花柄のノースリーブのブラウスからはほっそりとした白い腕が涼しげに覗いていて、普段は決して表に出ない眩しい輝きにわたしはつい拝《おが》んでしまいそうになる。

ロングのスカートもウェストでキュッと締まっている今風のコーデで、かわいらしい女の子のラインが紫陽花さんの華奢《きゃしゃ》な体を魅力的に飾っていた。

さらに青いサンダル（ミュールって言うのか？）からちょこんと見える足の指に、ピンク色のマニキュア（ペディキュアって言うんだぞれな子）が塗ってあって、それが夏休みに入ってちょっとおしゃれをしようって思い立った紫陽花さんの開放的な気分を象徴してるみたいで、あまりにもかわいい。

最高だ。優勝だ。

「えっ、かわいすぎ……やば……。この夏休み、紫陽花さんの身になにかあったの……？　ちょっとかわいくなりすぎでは……？」

違う。紫陽花さんはもとから異常にかわいかったのだ。

真唯と久々に会ったときも、思った。わたしは学校で普段、とんでもない人たちと顔を合わせていたんだな、と。

毎日お昼に大トロと松阪牛《まつさかぎゅう》ばっかり食べてたけど、よく考えたら大トロと松坂牛っておいしかったのでは？　みたいな話だった。

震えるわたしの言葉を聞いて。

「ええっ？　そんな褒《ほ》められても笑顔ぐらいしか出ないよー」

紫陽花さんはニコニコと笑いながら、ダブルピースをする。

ふわふわの髪が風に揺れて、アスファルトが溶けるみたいな太陽の日差しすらも和《やわ》らいだ気がした。紫陽花さんって、対地球温暖化の最終兵器だったりするのか……？

でもそこから、紫陽花さんは胸の前でもじもじと指と指を絡《から》ませながら、視線を逸《そ》らす。

「あの、でもね。れなちゃんに久々に会えるからって、ちょっといつもよりがんばってみちゃったかも……。ヘンじゃ、ないかな？」

「ヘンじゃないです！　いやむしろヘンだよ！　かわいすぎて異常っていうか！」

「異常なの!?」

「異常だよ……。わたしの目がおかしくなったのかと思ったもん。紫陽花さんってひょっとしてわたしだけに見えている妖精かなにか？」

「う、うん、早く涼しいところいこうね、れなちゃん」

心配されてしまった……。

いや、でも、うん。

紫陽花さんの顔を見たら、わたしの不安はすっかりと吹き飛んじゃった。

アトラクションの待ち時間が終わってこれからジェットコースターが走り出すみたいな、そんな高揚感に包まれる。

ああ、なにを気にしていたんだろう。紫陽花さんと一緒にいて楽しくないはずがないのに。

きょうはわたしにできることを、精一杯がんばろう！　紫陽花さんにも、楽しかったって思ってもらうために！

わたしは笑顔で告げる。

「きょうはよろしくね、紫陽花さん！」

「こちらこそ、れなちゃん」

わたしの夏休みが、ついに始まった予感がした。

はー！　きょうは最高の一日になるぞー！

瀬名紫陽花のお話

プロローグ

ふー、と大きく息をつく。

スマホに書いたメモを一行ずつ目で追って、よし、よし、と指さし確認。

まずはお部屋のお片付け。完了。

リビングだけじゃなくて、ちゃんとトイレも、それに出番があるかはわからないけど自分の部屋だって丁寧《ていねい》に掃除機をかけて、整理整頓した。

次に、おもてなしの準備。完了。

小学生の頃から改良を重ねている特製のベイクドチーズケーキは、昨日のうちに作っておいた。飲み物の補充も大丈夫。弟たち用の牛乳はちゃんと確保してあるので、勝手に飲まれることもない。

あとは、きょうのメイクとお着替えだけど……。

「こんな感じ、かな」

……完了？

自室。姿見の前、角度を変えて髪型を確かめる。

夏休みは弟の面倒ばっかりあれこれ見ていたから、最近は手抜き気味で。

久々にしっかりと髪を整えたら、思ったより時間がかかってしまった。

特別気合いを入れたから！　……というわけでは、ないと思う。……たぶん。

でも、まだちょっと時間はある。ほんのちょっとだけ、手直ししよう。

「約束したときから、なんだかんだいって、二ヶ月ぐらい経《た》っちゃったもんね」

だから、待ちわびていたとか、そんな感じだ。きっと。

「あのときのれなちゃん、一生懸命で、かわいかったな」

思い出すと、わずかに体温のあがった心地がした。

あんな逃げ場のない好意をぶつけられたのは初めてのことだったから、正直、かなり引きずってしまった。

「……また思い出してきちゃった。いけないいけない」

首を振る。自分とれな子はそういうんじゃないのだ。これは、本当に。

せっかく、れな子がうちに遊びに来るという約束を守ってくれるのだから、しっかりと歓待《かんたい》をしなければ、だ。

約束は好きだ。確かな繫《つな》がりを感じられるし、誠実であることを許されるから。

お互いがお互いのために努力するからこそ成立するものなら、なおさら。

私があなたのことを大切に思うのと同じように、あなたも私のことを大切に思ってくれているんですね、と心と心で会話をしているみたい。

少し大袈裟《おおげさ》かもしれないけど、ほっとして嬉しくなってしまうのだ。

ともあれ、れな子はしっかりと約束を守ってくれた。だから心が弾《はず》んで……少し胸が高鳴っているのだ。それだけだ。他に理由なんて、考えられない。

時間が近づいている。部屋を出て、リビングに声をかける。

「お姉ちゃんちょっと、駅まで友達を迎えに行ってくるねー」

ゲームのうまいお姉ちゃんが遊びに来るよ、という話は、前もって伝えてある。

覚えているんだか覚えていないんだかわからないけど、今年の夏休みはイベントも少なかったから、きっと遊びに来たら来たで、めいっぱいはしゃぐのだろう。

薄花色のサマーサンダルを履《は》いて、玄関のドアを開ける。

「わあ」

強い日差しに、思わず声が出た。

「いい天気」

目を細めて、空を見上げる。

日本の梅雨《つゆ》を代表する花——アジサイの開花時季は、5月から7月上旬。

季節が過ぎ去ってもなお咲き誇る少女は、真夏の太陽の下を軽やかに歩く。

「ふふっ、楽しみだなあ、れなちゃん」

瀬名紫陽花《せなあじさい》。高校一年生。

まるでひと夏を駆け抜けるような、かけがえのない恋の物語が今、始まる——。

第一章　紫陽花さんのお宅訪問とかムリ！

紫陽花《あじさい》さんのおうちは、住宅地の一戸建て。

まるで紫陽花さんみたいにかわいらしい白い家だった。

「さ、どうぞ」

「あっ、お、お邪魔します……」

なぜか小声になって、わたしは玄関をくぐる。

紫陽花さんのお宅に足を踏み入れてしまった……。ここから先、わたしは何度も同じようなことに感銘を受けるのだけど、許してほしい。仕方ない。だって紫陽花さんのお宅に足を踏み入れてしまったのだから……。（二度目）

クーラーの効いた涼しいリビングに通されて、ソファーに座るよう促《うなが》された。おっかなびっくり腰を下ろす。紫陽花さんが普段座っているソファーか……聖属性だな……。（三度目）

「麦茶、コーヒー、紅茶、オレンジジュース。れなちゃんはなにがいい？」

「あっ、お気遣《きづか》いなく。あの、えと、じゃあオレンジジュースで」

「はぁい」

飲み物を用意しにいった紫陽花さんに置いてかれて、きょろきょろと辺りを見回す。

紫陽花さんの家だ……。ここで、紫陽花さんが生まれ、育ったのか……。（四度目）

大きなテレビや、ふかふかのソファー、木製の長くて広いテーブル。あちこちに子供の服やノート、文房具、玩具《おもちゃ》が置いてあって、それらは端っこに寄せられていた。小さなお子様のいる家、って感じだ。

知らず知らず、紫陽花さんの成長の痕跡を探してしまう。壁の傷は、幼い紫陽花さんがつけたものだろうか。あっ、机に紫陽花さんの教科書が置いてある！　ここで紫陽花さんが生活しているんだ！（五度目）

我ながらかなり気持ち悪いモードになっていると、紫陽花さんが戻ってきた。

「はい、どうぞ」

「あ、どうもどうも……」

紫陽花さんはわたしの隣に座って、リモコンでテレビの電源をつけた。

「ね、こないだ遊ぼうとしてたの、私やりたいなー」

「う、うん。もちろん大丈夫です」

「えへへ、やったぁ。あ、でもその前にお喋《しゃべ》りもしたいかも」

笑顔でコントローラーを握った紫陽花さんが、ゲームを起動させる。

「ど、どちらでも」

その手慣れた仕草を見て、ああ、普段の紫陽花さんはこういう風に生きているんだ……というむずむずとした気分にさせられてしまう。（六度目）

紫陽花さん、ほんとにゲームをプレイするんだな……いや一緒にプレイしたんだけど。

「ね、れなちゃんは最近、なにしてた？」

「えっ？　さ、最近ですか……。えーとえーと」

出た！　世間話のターンだ！

わたしの脳は今『紫陽花さんの家にいてなお正気を保つ』という高難度ミッションにいっぱいいっぱいなので、大脳皮質の空きスペースを使ってなんとかするしかない……。

最近、最近……。直近の大きなイベントは真唯《まい》のファッションショーだけど、でもあれ誘われたのわたしだけだしな……。わたしと真唯が特別なれまフレだって知らない紫陽花さんに、行ってきたよって話すのは、なんだか困ることになりそうな気がする……。

そうなるともう、トークのネタはゼロだった。

「勉強したり、ゲームしたり。クーラー浴びながら、だらだら過ごしてるかな……」

ウソ……わたしの話題の井戸、猛暑で涸《か》れてる……。

「いいねえ。宿題どれくらい終わった？」

「半分ぐらいかな……数学がぜんぜん進まなくて」

「ああ、わかるなあ。今回の問題、いやらしいのばっかりだよねえー。そういえばあれってもうやった？　一ページまるまる図形が書いてある――」

「ああっ、あれすっごく面倒だった！　てかその次のも――」

なのに、紫陽花さんの手にかかれば、砂漠にオアシスすらも大瀑布《だいばくふ》！

わたしの口からこんなにもスラスラ言葉が出てくるなんて……。

久しぶりだなあこの感じ……。誰と話しても二往復以上は会話の続かないわたしが、『ひょっとしてわたしってトークうま子じゃね？』って勘違いしてしまいそうになっちゃう感覚。

さすが紫陽花さんなんだよなあ……。

と思って横を見やると、無防備な二の腕が目に飛び込んできた。

どんなスイーツよりも甘くて柔らかそうな紫陽花さんの二の腕……。慌《あわ》てて目を逸《そ》らす。この家には危険がいっぱいすぎる！　助けてくれえ！

わたしが『こんな家にいられるか！　わたしは帰る！』とか言いだす前に、紫陽花さんが次の話題を振ってくれた。

「れなちゃんはアルバイトとかしないの？」

「ええっ？　ムリムリ！」

「そうなの？」

いや……そんな『きょとん』って音が聞こえてきそうな角度に首を傾《かし》げられても……。紫陽花さんが、ただひたすらにめちゃくちゃかわいいだけですから……。

もごもごと告げる。

「だってアルバイトって、カラオケとか、ファミレスとかでしょ……？　そんな、見ず知らずの人とお話しするとか……ぜったいムリ……」

「ええー？　そんなことないって、れなちゃんならできるよ」

できないんだよなあ！

紫陽花さんは、ほんとのわたしを知らないから、気軽にそんなこと言えるんだ……。

まあ、ほんとのわたしを頑《かたく》なに見せようとしないのはわたしなんですけどね！　あははは！　このゴミクズが！

いやむしろ逆に考えてみようよ。わたし、陽キャのフリがめっちゃうまいんじゃ？

あの紫陽花さんの目すらも曇らせるとは、すっごいがんばっているって証拠じゃ？

心持ちひとつで、ちょっと自尊心が回復した。人を騙《だま》してなに言ってんだよこいつは！　という外野（内部？）の声は無視する。

「ああ、でもそっか、れなちゃんって男の子ニガテなんだもんね」

「う、うん、まあ……そうかな……」

どっちかというと苦手なのは、男の人というか、ちゃんとしている男の人だ。わたしなんかを視界に入れてしまってスミマセン……という気分になってくるので。

だからちっちゃい子とか、女殴《なぐ》るのが趣味です！　みたいな輩《やから》は大丈夫。大丈夫かな？　いや、こわいな……。関《かか》わりたくないな……。

暗い顔をしていると、紫陽花さんが心配そうに眉を落としていた。

あ、いや、このままじゃ深刻な問題として受け止められてしまいそうなので（ただでさえ紫陽花さんには、男子の前で倒れた姿を見られているし！）、慌てて言い繕《つくろ》う。

「別に、なにかがあったってわけじゃなくて……。その、小中とほとんど絡《から》んでこなかったから、なに話していいかわかんないっていうか」

そうそう、そんな感じ。自分の言葉に、自分でうなずく。

「ほら、なんていうか、男の人って……男の人じゃん？　なんかゴツゴツしてるし、デカいし、生理もないし……別の生き物じゃん？」

こちとら、同じ生き物の女子とすら二往復だからね。男子相手なんて無往復だよ。

「えー？　そうかなあ。でも、れなちゃんもたまに男子に話しかけられてるよね？」

「まあ、ケータイショップではペッパーくんに話しかけられることもあるからね……」

「それはどういうこと!?」

学校には男子がいるので、話しかけられたらその場に応じた受け答えをします、みたいなことを言いたかったのに、クソ外道《げどう》みたいな発言になってしまった。

「でも、そもそも話しかけられるのは、香穂《かほ》ちゃんとか王塚《おうづか》さんとか、紫陽花さんと一緒にいるときばっかりだからなあ……」

うちのグループで男子とつるむことがあるのは、主《おも》にその三人だ。紗月《さつき》さんは誰とも話さないので安心感がある。あれ？　紗月さんってほんとに陽キャなのか？

芽生えた疑惑に今はフタをしつつ、紫陽花さんに尋《たず》ねる。

「ええと、紫陽花さんはどんなこと話すの？」

「えー？　ふつうだよ。動画の話とか、友達の話とか」

「さすが紫陽花さん……ちゃんと意思疎通ができるなんて、男の子語がお達者……」

「男の子語ってなに!?」

わたしは人生で男の子語を履修《りしゅう》してこなかったので……。

「まあそういうわけだから、別に特別な理由はなくって。今のグループにいれば、接点も増えるだろうし、徐々に慣れていこうと思います。徐々に」

「そっかー。れなちゃんが男の子と話すようになったら、モテちゃいそうだよねー」

「ナイナイ！」

「えっ、そう？」

「もしわたしがモテるとしたらね、それは滑り止めだよ」

「滑り止め!?」

そう、真唯グループの本命四人のうち誰かに告白して、失敗してしまった男子が、『真唯グループと付き合っている俺！（スゴイ！）』というステータスを手に入れるために、わたしに告白してくるんだ。

その場合のわたしは、きっと驚くほどにモテモテだろう……。ふふふ、攻略ウィキにも、甘《あま》織《おり》れな子はグループの中でぶっちぎりのパンピーだが、見返りがでかいので狙い目、と書いてあるんだ。見くびりやがってよぉ、くそう、くそう……。

不気味な含み笑いを浮かべていたからか、紫陽花さんが明るく朗《ほが》らかに話を変えてくる。

「実は私のほうが、バイトしてみたいんだよねー」

「ええっ、紫陽花さんが!?」

「そんなに意外かな？　お外で働くのって、楽しそうじゃない？」

わたしは、考え直す。

意外では……いや、ぜんぜん意外ではなかった。おしゃれな街のパン屋さんとか、ケーキ屋さんの看板娘とか、めちゃくちゃ似合いそうだし。

お花屋さんとかもいいな。街角でね、毎朝紫陽花さんが看板を出すの。それを見るために、通学の高校生とか、通勤のサラリーマンとかがちょっと回り道をしてさ。

紫陽花さんが『おはようございます』って通りがかる人に挨拶《あいさつ》をして、幸せを振りまくの。海の見える小高い丘にある街でね。その街の幸福指数は全銀河一位。

「いや、いいね……。バイトする紫陽花さん、すごくいいと思う」

「アパレル店員とか、ちょっと憧《あこが》れちゃうよね」

「そ、それは！」

わたしは待ったをかけた。

「店員ってあれでしょ……。積極的に声をかけてきて、『あーわたしもその服持ってるんですよー！』って言って、ゆっくり店内を見る時間を邪魔してくる係の人でしょ……？」

「そういう目的で声をかけているわけじゃないと思うけど！　『なにかお困りですかー？』ってフレンドリーに話しかけるんだよ」

いやいやいや……。

だめだよそんなの。笑顔で近寄ってこられたら、いい匂《にお》いするし、好きになっちゃうよ……。好きになったらお店に通い詰めるようになってさ、散財しちゃうじゃん。でも紫陽花さんは無自覚に、わたしみたいな子を量産して、カリスマ店員の地位に上り詰めるわけですよ。

どう考えてもやばいよ。そいつら全員陰キャだから、なに考えてるかわかんないんだよ。紫陽花さんのストーカーになったり、あるいは路上で迫ってくるかもしんないよ！　あなたが優しくするから！　勘違いさせるお前が悪いんだ！　この、この！

いけない！　紫陽花さんのアパレル店員は危険だ！

「ほ、他にはないの？　他には」

「んー、そうだなあ。居酒屋のホールスタッフとか、賑《にぎ》やかで面白そうだよね」

「だめだよ！！！」

「えっ!?」

わたしは紫陽花さんの目を見つめながら、訴えた。

「居酒屋とか、酔っぱらったお客さんに絡まれるよ！　バイト先のチャラいイケメン大学生とかにも迫られちゃうよ!?　あんなところ危ないって！」

「え、ええ～……？」

「紫陽花さんには、パン工場のライン作業で働いていてほしい……。ヘアキャップとマスクして、一日中誰とも一言も会話せず、ただタイムカードを打刻するだけ。お昼休みはガラガラの食堂でポツンと賄《まかな》いのパンだけ食べるようなところで……」

「寂《さび》しいよ!?」

でもそれが紫陽花さんのためなので……。

「ね、ね、紫陽花さん、バイトするなら川仙《かわせん》駅前のクイーンドーナツにしなよ。あそこなら安心だよ。だって」

「だって？」

わたしははたと止まる。

だって、あそこは紗月さんが働いているから、紗月さんがボディガードになってくれるはず
……と、言いかけたわたしの脳内で、『甘織？』と紗月さんが微笑んでいた。その片手がしっ

かりとわたしの首を掴んでいる。

目を逸らしつつ、答える。

「だって、ホラ……あそこ、女性店員に小型拳銃が支給されるって噂《うわさ》だから……」

「そんな都市伝説あるの⁉」

そうなんですよ。拳銃じみた殺意を放つ女性店員がいるからね……。

紫陽花さんはわたしの突拍子《とつびょうし》もない冗談に、あはは、と声をあげて笑った後で「はぁ」と小さくため息をつく。

「といっても、バイトする時間なんて、ないんだけどねえ」

「そ、そうなの？」

「うん。夏休みだしね。お母さんの代わりに、弟たちの面倒見なきゃいけないから。遊びに行ったり、お外で働いたりとか、できないんだー」

「そう、なんだ」

「両親、共働きだから仕方ないんだけどね。今までずっとそうだったから」

わたしは『大変だね』と言おうかどうか迷った。

安易な同情を投げてもいいのか悩んでいる間に、紫陽花さんが話を打ち切る。

「あ、なんかごめんね、ヘンな話をしちゃって。ほら、ゲームしよ、ゲーム」

「う、うん」

人の家庭環境の話は、緊張する。うちは両親揃《そろ》っていて家族仲もいいし、妹はムカつくけど、きっと恵まれているほうだろうから。

そんな立場から人にあーだこーだ言うのは、やっぱり難しい。

だって、家族については、自分たちじゃどうしようもないことだし……。結局、人はその生まれついた環境でやっていくしかないってことだし……。

……なんか、紫陽花さんにもそういうのって、あるんだな。

てか問題は、わたしがそうやって過度に身構えちゃうことなのでは？　いやわかってるよ！　あらかじめこのお話をしますからってカンペを渡しておいてくれよ！　予習するから！

と、さりげなくダメージを食らっているところに。

ちまちまとちっこい影が視界の隅に引っかかった。

……おお？

「えー？　きーくん、どうしたの？」

紫陽花さんの弟さんだ！　ちっ、ちっちゃ！

ふわふわの毛が頭に生えていて、小動物って感じのかわいらしさだ。小学校低学年かな。あどけない顔立ちが、妙にわたしの心を摑んでくる。初めて見たのに、なぜ……？

はっ……この子、どことなく全体的に紫陽花さんの面影《おもかげ》がある！　髪質もそうだし、目元とか特によく似てる！

わたしは生涯をかけてこの子を守り慈《いつく》しみ育てることを誓った。れな子お姉ちゃんが、どんなときも君のことを守ってあげるからね……。

そんな弟さんは紫陽花さんの脚にまとわりついていた。

あっ、そんな無遠慮にペタペタと触って……！　やめ、ちょ、出過ぎた真似だぞお前！　わたしだって紫陽花さんの足に触れたことないのに！

こ、こいつ許せねえ！　輪廻転生《りんねてんしょう》ガチャで紫陽花さんの弟に生まれたことが、そんなに偉いのか⁉　わたしの弟にしてやろうか⁉

と、本気でちびっこ相手に青筋を立てていると……さらにもうひとり。今度はワンサイズ大きな男の子がやってきた。

わ、わ、かわいい！

これが紫陽花さんのふたりの弟……。

「こーくんもなの？　お姉ちゃんたちと遊びたい？　もう、しょうがないなあ。ほら、じゃあちゃんとご挨拶だよ。できるかな？」

弟さんたちは紫陽花お姉ちゃんの陰に隠れつつ、もじもじと恥ずかしそうに挨拶をしてきた。上の子が小学三年生で、広樹《こうき》さん。下の子が小学一年生、桔平《きっぺい》さんだ。

彼らは生まれながらに紫陽花さんと遺伝子を同じくする上位存在なので、思わず平伏《へいふく》してしまいそうになる。わたしが己《おのれ》の平民根性と熾烈《しれつ》な戦いを繰り広げている間に、紫陽花さんは弟さんたちにしっかりと言い聞かせていた。

「そうだよ、このお姉ちゃんがね、前に言ってたゲームが上手なお姉ちゃん。あんまりワガママ言って迷惑かけちゃだめだからね？　大丈夫？　ちゃんと約束守れる？　あくまでも、れな子お姉ちゃんは、お姉ちゃんと遊びに来たんだからね？」

紫陽花さんが再三繰り返すと、男の子たちはコクコクとうなずいた。紫陽花お姉ちゃんに引っ付きながら、コントローラーを取る。

「ごめんね、れなちゃん。ちょっと付き合ってもらっていいかな」

「うん、もちろんオッケー。てか、もともとそういう話だったしね」

ようし、紫陽花さんの前でいいところを見せるチャンスだぞう。

プレイするのは、協力型のＴＰＳ。シューティングゲームだ。年齢制限がなく、大人から子供まで楽しめる、健全なやつ。

こんな小さな男の子がルールを把握して楽しめるのかどうか心配ではあったけど……。でも、わたしも小学一年生ぐらいの頃からぜんぜんゲームしてたしな。

とはいえ、実力は昔と今じゃ、雲泥《うんでい》の差がある。

さて、それじゃあ……大人の本気を見せてあげますか！

しばらくして。

「お姉ちゃんすげー！　すげー！」「あっこら、桔平！　次、おれやるから！」「ええ!?　早く交代しろよ！」「さっきのステージ、さっきのステージ！」

わたしは紫陽花さんに予言された通り――男の子にモテモテだった。

ゲームが達者なだけで、こんなに求められるなんて……。人生初のモテ期である。

初ではないか。こないだも真唯と紗月さんに取り合いをされたばっかりだった。あれはなんか違くない？

で、さっきまでの人見知りもどこへやら。すっかりテンション上がりっぱなしの広樹さんと桔平さん。その勢いに押されつつも、わたしはただひたすらゲームをしている。

こんなにゲームだけしていていいのか不安になるぐらい、ただゲームをしている。

「ごめんね、れなちゃん。相手をしてもらって」

「いや、ぜんぜん、ぜんぜん。楽しいです、大丈夫です！」

気を遣っているわけではなく、『人とゲームで遊ぶ』ということ自体がわたしにとっては一大イベントなので、相手が弱いとかちびっこ相手だからとか関係なく、実際楽しいのだ。紫陽花さんみたいに人の輪に囲まれて生きている人には、伝わりづらいんだろうけど……。

「ほどほどのところで切り上げていいから、あとで私の部屋にいこっか」

「あっ、はい。……えっ!?」

紫陽花さんの部屋……？　それってひょっとして普段、紫陽花さんが寝泊まりしている部屋

のことですか……!?（遅れて七度目）

そんなところにお呼ばれされちゃうとか、やばくない？　そんなの……友達じゃん！

わたしは妙にドキドキしつつ、しかしゲームに急《せ》かされるようにして、画面を注視する。

ちなみに──どうやってほどほどに切り上げるのかは、さっぱりわからなかった。

「ね、こーくん、きーくん、そろそろお姉ちゃんたちお部屋に行くから、ほどほどにね」

「えーあとちょっとだけー！」

「れなちゃん、きょう私、チーズケーキ作ったんだけど、どうかな」

「あっ、たべ、食べさせていただきます！　この試合が終わったら！」

「ほら、そろそろ夏休みの宿題しなきゃでしょ、キミたち、ね」

「朝にしたもん！」

「次おれ、おれの番だから！　桔平──！」

濁流に流されるようにゲームを続けていたそのときだった。

紫陽花さんがキレたのは。

「もーーーーーーーーーーーー!!」

え？

その瞬間、世界が停止した。

凍りついたみたいに、わたしは息ができなくなる。

今の声は……紫陽花さん、だった……？

恐ろしいものをぜったいに見たくない気持ちと、反応しなければならない気持ちのせめぎあいの中、ぎぎぎと首を動かす。

拳を上下させながら、紫陽花さんが顔を赤くしていた。

やはりさっきの叫び、あ、紫陽花さん……！

心臓がバクバクしてる。音楽の授業以外で大きな声を出す紫陽花さんを初めて見た。クラスで紫陽花さんのお言葉に耳を傾けない者などいないので……。

ぷんすかお姉ちゃんは、広樹さんと桔平さんの頭をむんずと摑んでいる。そんな、スイカやメロンみたいに。

「もー！　さっきから、こーくんときーくんばっかり！　私だって楽しみにしてたのに、どうして約束守らないの!?　もー！　三時までって約束だったよね!?　すぐやめるって言ってたよね!?　もー！」

マジメに授業を受けていたはずが、突然クラスの先生が怒りだしたときみたいに、呆然とするだけのわたし──の横。

広樹さんと桔平さんは……。

あっ、普通にゲームしてる！　慣れきってて、ぜんぜん聞いてない!?

えっ、なに？　確かに前に紫陽花さんが言ってたけど……怒りん坊お姉ちゃんって、都市伝説じゃなかったの？　日常茶飯事《さはんじ》なの？

「ふたりとも、ちゃんと聞いてる!?　お姉ちゃん怒ってるんだよ、わかる!?　もー！」

もーもーとうなっている紫陽花さんが、ぺしっとふたりの手からコントローラーを奪い取る。

弟さんたちはわーわーと喚《わめ》いて、紫陽花さんに食って掛かっている。

よそさまのおうちの、姉弟《きょうだい》喧嘩だ……。

はわ、はわわわわ……。

わたしの許容量をあっさりとオーバーした光景に、なにも考えられない。

固まっている間に、弟さんたちは部屋に追い返されていった。

「もー……もー……！」

あとに残されたのはぜえぜえと肩で息をして、髪の乱れた紫陽花さん。

こちらに背中を向けていて、表情が見えない。

え、ええと……。

ほんの少しでも音を出したら、その場で怒鳴られてしまうんじゃないかというほどの緊張感が、満ちている。

紫陽花さんの怒りが百分の一でもこっちを向いたら、まるで神に逆らった子羊のように、わたしはジュッと蒸発してしまうだろう。

わたしは全身からだらだらと汗を流しながら、ソファーの上に正座していた。

「……れなちゃん」

全身が震えた。

「は、はい……」

わたしはもう自分が悪いとか誰が悪いとかではなく、ただひたすらにこの空気から解放されたい一心で、土下座するタイミングだけを窺《うかが》っていた。

紫陽花さんは、ゆっくりと、顔を手で覆《おお》う。

髪の隙間《すきま》から覗《のぞ》く耳は、真っ赤だ。

「……ごめんね、こんなとこ見せて……」

うっ……。ど、どうしよう。

え、なんのことですか？　わたしはゲームしてたんで！　えへ！　てへぺろの笑顔でそう言い張るのはどうか、という考えも脳裏をよぎったけれど、わたしのステータスでは選ぶことのできない選択肢であった。

「う、うん……だ、大丈夫……」

なんのユーモアもひねりもなく、ただうなずく……。

するると紫陽花さんは、消え入るような声で。

「はずかしい…………」

ああああああ……。

紫陽花さんを恥ずかしがらせてしまった……！

「だっ、大丈夫だよ！」

だめだだめだ、恥ずかしがる紫陽花さんもかわいいけど！　でも、紫陽花さんはどんなときも心を健《すこ》やかにいてもらわないと！　わたしが健やかでいられないから！

恥も外聞も投げ捨てて、わたしは全力で紫陽花さんをフォローすることに決めた。

「ほら、あの、わたしもね！　妹とめちゃくちゃケンカするし！　ばーかあーほとか言い合うし！　そりゃもう口汚く罵《のの》り合うんだから！　肉親に対してって愛憎入り混じるよね!?　どこの家でもそうだよ！　ね、ね、ねっ!?」

「…………うう…………」

「学校とおうちでキャラが違うのだってね!?　当然だし!?　わたしだって家のわたしとお外のわたし、ぜんぜん違うから！（ただの事実）　だからねっ!?　そりゃ、ちょっとは驚いたけど、ぜんぜん、その……だから、その、えと、大丈夫だから！　ね!?」

しかし……。

どんなにどんなにどんなにフォローしたところで、この日、沈んだ紫陽花さんがピカピカの紫陽花さんに戻ることはなかった。

むしろ、わたしが必死になればなるほど、紫陽花さんは気にしてしまっていた。

完全に悪循環だぁ……！

「お、おいしい！　このケーキおいしい！　おいしいね！　ね、紫陽花さん、ねっ！」

「うん……」

こんな状況で口にした紫陽花さん特製チーズケーキは、もうほんと死ぬほどもったいないことに、味もよくわからなかったのだった……。

＊＊＊

「ただいま…………」

「おっかえりー」

帰ってくるやいなや、わたしは死人みたいに顔からソファーに倒れ込んだ。

つっ、疲れた……。

落ち込んでいる人を慰《なぐさ》め続けるのは、流血の止まらない怪我人《けがにん》相手に、ずっと輸血をするような気分だ。わたしの血も、すっかり空っぽになってしまった。

「どしたの？」

ダイニングで、椅子の上に体育座りしてスマホ見てた妹ののんきな問いに、わたしは「あーうー」とゾンビみたいな声をあげる。

「紫陽花先輩の家に、遊びに行ってきたんじゃ？」

「そうなんだけどさあ……」

両手両足を伸ばしてソファーに倒れ込んだまま、顔だけを横に向ける。

「実は――」

ちょっと迷ったのもつかの間、結局洗いざらい喋ってしまった。なんだかんだ話しやすいし、聞き上手なんだよな、この妹……。

「ふんふん」

紫陽花さんと遊んでいる最中、弟さんが乱入してきたこと。弟さんとばっかり遊んでいたら、紫陽花さんが怒ってしまったこと。それ以降、紫陽花さんのテンションが激落ちくん状態になってしまったこと。

妹はスマホの片手間に聞きながら、はは一ん、と納得した顔。

「そっかー。紫陽花先輩、よっぽどお姉ちゃんと遊ぶの、楽しみにしてたんだねー」

「……へ？」

予想外の言葉を告げられて、コイツわたしの話まったく聞いてなかったのか？　と思った。

妹はしかし、わたしの思考をたやすく先回りする。

「だって、怒ったのって、お姉ちゃんと遊びたかったのを邪魔されたからってことでしょ？」

「えー……？」

いや、それは……えー？

「日頃から弟さんたちにムカついていたのが、限界超えて……とかじゃ？」

「紫陽花先輩、そんな人に見えないけど」

それはそう！

「だ、だったら……きっと、その、紫陽花さんはあまりにも優しいから、誰が遊びに来ても万全におもてなしできないと気にしちゃうんだよ」

「ま、そーかも」

妹があっけなく引き下がると、心に冷たい風が吹いた。

わたしは無意識に『そんなことないよ、紫陽花先輩はお姉ちゃんをトクベツ大事にしているんだよ♡』だとか優しい言葉を投げられたがっていた自分に気づいて、絶望した。死のう。

「ま、ストレス溜まってそうなのは確かかな。紫陽花先輩、夏休みはずっと弟さんの面倒見てるみたいだし」

「そうだよねえ……」

……ん？　なんで妹がそんなことを知っているんだ……？　わたしですらきょう初めて聞いたのに……。取っているのか？　連絡を……。

「私だって、年中お姉ちゃんの面倒見ろって言われたら、ぜったい無理だし」

「逆でしょ!?」

妹は、はーやれやれ、と肩をすくめた。ふてぶてしい顔だ。紫陽花さんちのかわいかった弟さんと取り替えたい。

いや……まあ、あっちはあっちで大変そうだったけど。

「夏休み、どこにも行けない……か」

ソファーにうつぶせになったまま、つぶやく。

それはどんな気分なんだろうか。わたしは紫陽花さんの悩みを思い浮かべようとしたけれど、うまくいかなかった。

もともと引きこもりだしな、わたし。あまり不都合を感じない……。

ああでも、四六時中《しろくじちゅう》、妹と一緒にいさせられるのは確かにキツい。ずっとひとりの時間が取れなかったら……？　干《ひ》からびちゃう。

わたしはカバンからスマホを出して、なにも考えずにいじりだす。

これは一見、無駄な時間を過ごしているように見えるかもしれないけれど、その実ちゃんとMPを回復しているのだ……。スマホは現代のMPポーション……。

スマホの画面に、紫陽花さんの名前が急に表示された。

……ん？

ハッ……。えっ？　こ、これは……!?

電話だ！

慌てて起き上がると、早足でリビングを出た。自分の部屋へと向かいつつ、着信を取る。

『もしもし……れなちゃん？』

紫陽花さんの甘い声だ。

「あ、はい、甘織れな子です」

『うん……さっきは、ごめんね』

わたしは少しだけホッとした。

謝罪の声も穏やかで、メンタルも落ち着いているように聞こえる。

わたしが帰った後、弟さんと仲直りしたのかもしれない。よかった。ほんとよかった。

「ううん、そんな」

だから、わたしはもうぜんぜん気にしてなかったのだけど。

『せっかく遊びに来てもらったのに、嫌な思いをさせちゃったよね……』

「そ、そんなことないよ。普段の紫陽花さんが見れたし。なんか、うん、いろいろと新鮮で楽しかったよ！」

『ほんとにごめんね』

重ねて謝ってくる紫陽花さんのしゅんとしたもの言いに、胸がきゅっとした。

紫陽花さんの感情表現の豊かな声音《こわね》は、楽しい気分が伝わるのと同じように、申し訳なさも十全に伝わってきてしまう。

「そんな、ぜんぜん……」

学校でいつも迷惑をかけているのは、わたしのほうだ。

普段わたしがどれほど紫陽花さんの存在に救われているか。それを考えれば、わたしは腕の一本や二本ぐらい紫陽花さんに捧《ささ》げなきゃ帳尻が合わない。

まあ、そう言ったところで、紫陽花さんが困るだけだろうから、言えないけどさ……。わたしの腕も、別にいらないだろうし……。

とはいえ、わたしなんかのためにしょんぼりしている紫陽花さんの声を聞くのは、ほんとめちゃくちゃつらいので、わたしは精一杯明るく告げる。

「だから、うん！　大丈夫だよ！　また今度遊びに行くから！」

『うん……』

ぐっ……これでもだめか……。

でもまた同じことを繰り返しちゃうかもしれないし、って思っているのかな……。どうすれば紫陽花さんの心を軽くできるんだろう……。わたしには、他になにができるんだろう……。

危うく『紫陽花さん、一万円あげるね！』とか言いだす前に、紫陽花さんが声を弾《はず》ませた。

『それでね、決めたんだ、私っ』

お……？　ちょっと風向き変わったな。

わたしの一万円なんて必要なかった。紫陽花さんはなんだかんだ自分で立ち直ることのできる人なんだ。さすが、それでこそわたしたちの紫陽花さん。

この機に乗じて、わたしもノリノリで食いつく。

「えっ、なになにー？」

『うん、あのねっ』

紫陽花さんは、まるで秘密の計画を打ち明けるように。

かわいらしい声でささやいてくる。


『──私ね、家出することにしたんだっ』


へえー……。

家出かあ……。

…………え!?

ちょ、ま、えええええええええええええええええ!?

＊＊＊

紫陽花さんは明日の始発で、旅立つそうだ。

どうやら本気らしい。

わたしはなにを言えばいいかわからず、アホみたいな顔で『みんな心配するんじゃ……』と口に出してはみたけれど、紫陽花さんは断固『いいのいいの』と言ってきた。

もう決心したみたいだ。

『大丈夫、大丈夫。別にヤケになったわけじゃないからね』

笑ってそう言う紫陽花さんに、結局わたしは口をもごもごさせるだけで。

その夜、ベッドに潜《もぐ》り込んだわたしは、なかなか寝付けずにいた。

紫陽花さん……。

ヤケになってないとしても……意地にはなっているんじゃないかな、って思う。

いつもの思慮《しりょ》深い紫陽花さんらしい態度じゃない気がする。妹も言っていたけれど、やっぱりストレスが溜まっているのかなあ……。

うう。

わたしは、なんて言えばよかったんだろう。

家族が困っちゃうよ、とか。弟さんたちもきっと反省するよ、とかさ。

そういう綺麗事をチクチクと告げて、紫陽花さんの罪悪感を刺激して、思いとどまらせるこ

とは可能だったと思う。（わたしができるかどうかは横に置いといて）

紫陽花さんはとてもいい子だから。自分より周りのみんなを優先しちゃう子だから。

……でも、そうして紫陽花さんを引き留めて、またあのしゅんとした顔にさせちゃってさ。寂しそうに『うん……そうだね。れなちゃんの言うとおりだよね。私、ちょっと冷静じゃなかったね』なんて微笑む紫陽花さんを見たら……。

私は、今度こそ胸が詰まりすぎて、死んじゃうんじゃないだろうか……。

そうやって家族と相談してもらって、家出を思いとどまらせたら、また同じことが起きても紫陽花さんはきっと我慢するはずだ。

紫陽花さんは自分の幸せより、人の幸せを願っちゃうような子だから……。

ううう。

わたしは頭を抱《かか》えて、何度も寝返りを打つ。

せめてカラオケとか、バッティングセンターで発散するとかならまだしも！　どうして家出なんて！　紫陽花さん！

だって危ないじゃん！

紫陽花さんがひとり旅とか、そんなのぜったいムリでしょ!?　行く先々であらゆる男に声をかけられるよ！　紫陽花さんがひと夏のアバンチュールしちゃうよ!?

優しい男の言葉に捕まって、恋をして、帰ってきた紫陽花さんがちょっぴり大人になっててとか……。いや、それすらまだマシだ……。

もし、ろくでもない男に騙されたら？　あるいは、ワルい女に遊ばれた挙句、捨てられてしまったら!?

悪い女：彼女、ひとりかしら？　え、家出してるの？　大変ね、うちに来る？　大丈夫よ、大丈夫、なーんにもしないから♡

紫陽花：えーいいんですか？　わーい、ありがとうございます♪

だめだよ！！！

優しく警戒心のない紫陽花さんが、食い物にされる！

夏休み明け、学校に来た紫陽花さんはガングロギャルになってて、制服の胸元をたっぷりと開き、『おっはー♪』ってゆるゆるの声を出すんだ。

放課後は『ごっめーん♪　きょうは三番目のカノジョとデートがあるんだー♪』って、るんるん気分で帰るギャル紫陽花さんを、見送るしかないんだ。

終わりだ……。

せっかく紫陽花さんと友達になれたと思ったのに……紫陽花さんはこの夏、悪いやつらに騙されて、堕天しちゃう……。

その後、紫陽花さんは高校も中退して、わたしはもう二度と一緒に遊びに行くことはなかったのだった……。

いやだぁ！

紫陽花さんがいない学校で生きていける自信がない！　だって真唯《まい》も香穂《かほ》ちゃんもよく他のグループに捕まってるし！　いったい誰と話せばいいの!?　紗月《さつき》さんか!?　紗月さん、学校でぜんぜん喋ってくれないじゃん！

わたしは噴火しそうになりながら、頭まで毛布をかぶった。

いやだ、紫陽花さん、行かないで……わたしを捨てないで……。

ずっとわたしと一緒にいてよ……。

いつまでもわたしのそばで、わたしが学校で話す人がいなくてキョドってるときに、優しく声をかけてきてよ、紫陽花さん……。

ううっ、ぐすっ、ぐすっ……。

わたしは、ほとんど眠れない夜を過ごし――。

――そして、翌日。

＊＊＊

「えっ？」

朝早く。蝉《せみ》も鳴き始めていない時間帯。

夏の風もまだぬるく、白んだ空の下には、誰の姿もない。

そんな中、リュックを背負った紫陽花さんが駅にやってきて、目を丸くした。

「れなちゃん？」

そこにはなんと、わたしがいる。

「や、やほう、紫陽花さん」

よれよれの笑みを浮かべながら、わたしは小さく手をあげた。

「れなちゃん、どうしてここに……？」

わたしも着替えやらなんやらを詰め込んだ大きなリュックを背負っていて、わたしたちはまるで示し合わせて遊びに行く友達同士みたいだった。

まあ、勝手に押しかけてきたんですけどね……。

「いやあ、なんか急に旅したい気分になっちゃって……みたいな」

始発前だから、一時間前に家を出て、紫陽花さんちの最寄り駅まで歩いてきたのだ。

「で、でもひとりだといろいろ不安だし！　だったら、紫陽花さんについてっちゃおうかなー、なんて！」

あは、あはは、とわざとらしく笑ってみる。

紫陽花さんはぴたりとわたしに視線を定めたまま、固まっていた。

……や、やっぱダメ、ですか？

「れなちゃん」

うっ、こわい。

紫陽花さんの重荷にならないようにって心がけたら、こんなふざけた態度になっちゃったわけだけど……。

……い、一応ね、わたしもわたしなりに決意を固めてここにやってきたんですよ。

いいこととか、悪いこととか、そういうのはもうぜんぶこの街に置いてってさ。

紫陽花さんが家出をしたいって言っているんだ。だったら、紫陽花さんのやりたいようにやらせてあげたい。だって、紫陽花さんは今までずっといろんな人に親切にしてきて、いろんな人を助けてきたんだから。

それを『紫陽花さんがいなくなったら、家族の人が困っちゃうよ』なんて正論で引き留めるのは、いくらなんでもあんまりだ。

紫陽花さんは善行に見返りなんて求めてないだろうけど……。でも、そんな紫陽花さんが報《むく》われない世界って、存在している価値ある？

だったら！

紫陽花さんにはやりたいことをやってもらって！　紫陽花さんが困ったことに巻き込まれないように、わたしが一緒についていって紫陽花さんを守る！

これで万事解決じゃん！

いや、まあ、半分ぐらいは紫陽花さんにずっとそばにいてほしいからっていう、わたしのワガママでもあるんだけどね!?

……っていうのに。

さっきから紫陽花さんはうつむいたまま、黙っている。

もし『いや、邪魔だから帰って♪　ひとりでひと夏のアバンチュールを楽しみたいの♪』って払いのけられたら、さすがに心折れちゃうな……。

恐る恐る反応を窺うわたしに対して。

膨《ふく》らんだリュックを背負った紫陽花さんは――。

――申し訳なさそうに目を伏せて、わたしの手をぎゅっと握ってきた。

「ごめんね、れなちゃん……心配かけちゃって。でも……いいの？」

その上目遣いは、人類ならば誰だってクラッときてしまうほどに、魅力的だった。

紫陽花さんが、わたしを求めてくれている――。

わたしの頬が、一気に熱くなる。

「も、もちろんですよ！　どうせ家にいても暇《ひま》だし！　それなら紫陽花さんと旅行にいったほうが、ぜったい楽しいに決まってるし――」

早口で言い終わる前に、ぎゅっと抱きしめられる。

紫陽花さんに！　抱きしめられた！

う、うわああ……。

呼吸が止まる。胸がドキドキして、目の前がちかちかする。

耳元に、紫陽花さんの声がして。

「ありがとうね、れなちゃん」

「は、はい……」


――こうして、わたしと紫陽花さんは始発電車に乗って、知らない街へと旅に出た。


高校一年生の女の子がふたり。ひと夏のアバンチュールだ。

貯金を下ろしてきたけど、予算はせいぜい二泊か三泊分ぐらいかな……。わたしはその間、ちゃんと紫陽花さんを守り切ることができるのか。

いや、できるかじゃない。この命に代えてもわたしは紫陽花さんを守るんだ！

……………うう、不安すぎる！

第三章 ほんとはずっと、言いたかった

これは、今よりほんの少しだけ、未来のお話。

東京に帰る電車の中でのことだった。

紫陽花《あじさい》は、隣の席でうつらうつらと体を傾けているれな子を見やり、頬を緩《ゆる》めた。

（この二泊三日の家出旅行は、楽しかったなあ……）

それもこれもすべて、れな子が隣にいてくれたからだ。

卓球で遊んで、一緒に温泉に入って。

れな子がいろいろと話を聞いてくれたから、ひと悶着《もんちやく》あるかもしれないと暗澹《あんたん》たる気分でいた家族との電話でも、素直に話すことができた。

途中で真唯《まい》がやってきたのは驚いたけれど、それも含めてワクワクした。三人で歩く海沿いの街は装《よそお》いも違って見えて、まるで外国に来たみたいだった。

もう自分は大丈夫だ。

（ほんとに、ありがとうね、れなちゃん）
彼女の髪を撫《な》でる。さらさらとした感触で、指が心地よい。
れな子には、いくら感謝しても感謝し足りない。
どんな形でもきっと報《むく》いることにしようと、心に誓う。
寝息を立てるれな子は、紫陽花の肩にもたれかかってきた。
紫陽花は少しだけ身を固くして、れな子の手を取ろうとして。
途中で、その手を止めた。
窓の外に目を向けて、流れてゆく景色を眺める。

（これから先も私たちは……ずっと、ずっと友達だよ）

私の、大切なお友達。
あなたの幸せが、私の幸せ。
――この気持ちはきっと変わらない。いつまでも変えたくない。
唇で音のない呟《つぶや》きを描いて、紫陽花もまた、静かに目を閉じた。
ふたりを乗せて、電車は走る。
たくさんの思い出を運んで、少女たちは生まれた街へと帰ってゆくのだった。

第二章　ふたりっきりの旅行なんてムリムリムリ！（※ムリじゃなかった!?）

Friends? Lovers?


紫陽花《あじさい》さんと初めて言葉を交わしたのは、高校入学式の翌日。

雨の日の朝だった。

恐れ多くも真唯《まい》に話しかけることに成功したわたしは、調子に乗っていて、だから高校の最寄《もよ》り駅で傘を忘れて立ち往生《おうじょう》していた紫陽花さんに声をかけることだってできた。

困っているなら、学校まで入りませんか？　と。

カバンから折りたたみ傘を取り出しながら、わたしはスマートな笑みを浮かべ、たぶん自然にお誘いをしたんだと思う。（美化）

『えー、いいの？　嬉しいな』

雨空の下、微笑む紫陽花さんの姿はそれこそまるで、濡れて輝くアジサイの花のように、輪郭《りんかく》がきらめいて見えた。

そして――。

『よろしくね、れなちゃん』

席替えで前後ろの席になれたわたしたちは、たやすく難なく、お友達になれたのだ。

それ以来、わたしにとっての紫陽花さんは、憧《あこが》れの象徴だった。

外見はふわふわしていて可愛らしく、性格は誰にでも優しくて親切。

なまじ高校入学直後に知り合ったから『えっ、わたし以外の高校生ってみんなこんなに天使なの!?』ってビビったこともあったけど、そんなことはなかった。近くで過ごせば過ごすほど実感する。紫陽花さんは特別な人だった。

わたしは学校生活で、ずっと紫陽花さんに助けられてきた。

体育の時間、柔軟体操で組む相手がおらず、ひとりでぽつんと立ちすくむわたしの姿を見てやってきた紫陽花さんが「相手がいなくて困ってたんだ。一緒にしよ？」って誘ってくれたときには、泣くところだった。もう一生この人を大切にしようと誓った。胸から湧き上がるあまりの忠誠心に、わたしの前世は紫陽花姫に仕《つか》えていた武士だったかもしれん、って思った。

どこにも紫陽花さんみたいな人はいない。

中学時代のトラウマだって、紫陽花さんがいたから克服できたんだ。

だからわたしは、この花を守り抜くと決めたのだ。

と……そんな固い決心を胸に秘めつつ、わたしは紫陽花さんの隣で始発に揺られていた。

「朝イチの電車って初めて乗ったけど、がらがらなんだねえ」

「そ、そうですねえ」

紫陽花さんにはどうやら行く当てがあるようだ。

一度、京王線《けいおう》で新宿《しんじゅく》に出て、そこから目的地に向かうらしい。

「私ね、暇《ひま》なときとか、よく旅行サイト見ちゃうんだよね」

リュックを抱《かか》えて隣同士に座りながら、紫陽花さんがスマホを見せてくる。きらきらのピンクでかわいい爪が、画面を指差す。

お気に入り画面には、たくさんの宿の名前が羅列《られつ》してあった。

「ひとりで旅行の計画とか立てたりするの。乗り換えアプリとかで、二時間かかるんだー、とか考えたり。二時間なにしてよっかな、本でも読もうかな、とか旅の妄想したり」

紫陽花さんがサラリと『妄想』という言葉を口に出したので、ああ、妄想って人様の前で言ってもいいんだな、と思う。陰キャ、陽キャを見て正しい言葉遣《づか》いを教わりがち。

「ええと、今から向かう先は？」

「んー、そこも二時間半ぐらいかなあ」

「そっかそっか、了解！　今どき二時間半なんて、スマホいじってたらすぐだよね」

「うん。れなちゃんも一緒だもんね」

地元から遠ざかるにつれ、紫陽花さんの表情には自然な笑顔が増えてきた。

いや、紫陽花さんのことだから、わたしに気を遣って元気なフリをしてくれているだけかもしれないけれど……。

あ、いかん。急に、最悪なことに気づいてしまった。

「ぜんぜん人がいない朝の電車って、新鮮だねぇ」

「そ、そうだね」

わたしは紫陽花さんを危険から守るつもりで『やはり家出か。いつ出発する？　わたしも同行する』とか言い出して、ムリヤリついてきたんだけど。（甘京院《かんきょういん》！）

でも、もともと紫陽花さんは、純粋に一人旅を満喫したかったのかもしれない。

あんなことをしよう、こんなことをしようって、ワクワクしていたのかもしれない。

だったら、わたしがメチャクチャ奮闘して、危険もなく無事家に帰れたところで……。

紫陽花さんが『うわー、なんか空気読めないやつのご機嫌を伺《うかが》わなきゃいけなくて超ダルかった……』っていうマイナスの思い出を抱えて帰ったら結局意味がないのでは!?　紫陽花さんに嫌われてしまったら、どっちみち高校生活で一緒にいられないのでは!?

そりゃ紫陽花さんが無事なのがいちばんだけどさ！　紫陽花さんが無事だったらこれから高校三年間またぼっちでもいいか……って思えるかといったら、思えるわけないでしょう!?

わたしは震え上がった。

わずかな隙間《すきま》を埋めるように、慌《あわ》てて口を開く。

「きょ、きょうはそこそこ涼しくて、いい日だね！　昨日に比べて！」

「そうだねえ」

なにも考えてないと、天気の話題しか出てこなかった。湿度とか、雲の形とかの話題を広げていくか……？　だめだ、やめろ！　会話事故になるぞ！

わたしが事故りそうになっている間に、電車は安全運転で新宿に到着した。ホームから駅構内にあがったところで、手をあげる。

「あ、あの、ごめん！　ちょっとトイレいってくるね！」

「はーい。電車の時間はまだあるから、大丈夫だよ。ゆっくりしていいからね」

紫陽花さんと別れ、女子トイレの個室に飛び込んだところで、一息つく。

「やばい」

顔面を手で覆《おお》う。

──なにを話していいか、ぜんぜんわからない。

待て、いったん整理しよう。わたしが今やらなきゃいけないことはなんだ？

紫陽花さんを守り切るのは当然として……そう、紫陽花さんを楽しませることだ。

つまり、甘織れな子が一緒に来てくれてよかった、と最終的に思ってもらうこと！

フフン。だったら、あとは簡単じゃないか。

真唯みたいに引き出しの多い話題で、紗月《さつき》さんみたいに理知的に、香穂《かほ》ちゃんみたいなジョークを交えつつ、紫陽花さんを退屈させないように立ち回ればいいだけだ。

できるかあー！

高望みしすぎだよ！　目標ラインを下げて、紫陽花さんが無事に帰ることだけを目指そう。そうするべき。

大丈夫だって……紫陽花さんはわたしを嫌わない……根拠はなにもないけれど……。

どっちみちさ、現実はゲームみたいに、紫陽花さんの機嫌ゲージがあって、楽しんでいるのがひと目でわかるようにできていないんだから……。

仮に紫陽花さんがつまらなくても『楽しいよ』って笑ってくれていたときに、わかんないんだから……。機嫌ゲージなんて見えたら地獄だから、見えなくていいんだけど！

ていうか、もしかしたら逆もあり得るんじゃないか……？

気遣い屋の紫陽花さんのことだ。わたしが楽しくしていないと、紫陽花さんに『やっぱりれなちゃん、ムリしてついてきてくれたんだ……』って思われる!?

い、居たたまれない……！

楽しく、楽しくしなくっちゃ……へへ、へへへ……。ほら、わたしは楽しいんだ、あの紫陽花さんを独り占めにして旅行だよ？　へへ、ほら、にっこり笑えよ、れな子……楽しいに決まってるじゃないか……。

限界すぎるでしょ！

ひとりで抱え込むのはもうムリだ。

わたしは決心し、スマホでＳＯＳを送ることにした。

たす、けて、と。
すると、こんな朝早くなのに、すぐに返信が来た。

紗　月：何？　ゾンビにでも追われてるの？

ああ、さすが**友達**の紗月さん！
わたしは喜々として文字を打つ。

れな子：紗月さん！　実は今、紫陽花さんと家出してて！　会話が続かないの！　助けて！
紗　月：ごめん、何？
紗　月：情報量が多いわ。
れな子：紫陽花さんがひとりで家出するって言ったから、わたしがついてきたの！　でも、これからずっと紫陽花さんと一緒だから！　わたし、どうしようもなくて！
紗　月：なにしているのあなた……。
れな子：わからないよ！　流れだよ！

それからしばらく、返信が来なくなった。

わたしはひどくうろたえる。

友達の紗月さん!?　どうして!?　わたしを見捨てたの!?

そんな……紗月さんは、真の友達じゃなかった……？　ウソでしょ……。わたしひとりが紗月さんのことを一方的に友達だと思っていたっていうの……？　三回もキスしたのに！

紗月さんはわたしのことなんてどうでもいいんだ……。わたしの体だけが目当てだったんだ……。今頃、わたしのことなんて忘れてまたえっちな本を読んでるんだよきっと……。

スマホに映るのは、また別の連絡先。

——王塚《おうづか》真唯。

……真唯に相談する？

今、紫陽花さんとふたりで家出してて……って。

でも、真唯は今、毎日忙しそうにしてがんばっているし、余計な手を煩《わずら》わせたくない。

それに……真唯がフランスから緊急帰国してきて、わたしに迫ってきたあの日のことを思い出してしまう。

い、言えねえ……言えるわけがない……。話を持ちかけたらニコニコと相談に乗ってくれるかもしれないけど、すべてが終わった後でどうせ体を貪《むさぼ》られるに決まってるんだ……。紗月さんとのキスがバレたときも、そうだったし……！

だったらせめて香穂ちゃんにアドバイスを……。香穂ちゃんならきっと話を聞いてくれる、はず……？　わからない。わたしは香穂ちゃんの私生活をなにも知らない！

ダメだ。詰んでる。能力の足りない女が、紫陽花さんの力になれるかもと行動したこと自体が罪だったんですか？　神様。

所詮《しょせん》、翼のないわたしでは、天使に手を伸ばすことはできなかったんですね……。

裸のままで紫陽花さんと向かい合わなければならない……と観念したところだった。

紗月さんからメッセージが届いた。

えっ、えっえっ。

あれよあれよという間に、テキストファイルが四つも送られてきた。

れな子：なにこれ！
紗　月：どうしても困ったときに開くファイル。
紗　月：話題が書いてあるわ。
紗　月：困ったら使って頂戴《ちょうだい》。
れな子：ありがとう紗月さん！　もつべきものは**友達**！

れな子：わたし今、すっごい感動してる！れな子：ありがとうございます！　紗月さん大好き！　紗月さん愛してる！　もう紗月さんしか勝たん！　**大親友**の紗月さん！　家庭的な大貧民で負けてパスタにベタ惚《ぼ》れ！

紗　月：うざ……。

れな子：じゃあさっそく一枚目、開くね！

紗　月：追い詰められすぎでしょ。

わたしは四つあるファイルのうち、ひとつを開く。

そこには、会話のお題が書いてあった。

『いつか行ってみたい場所について話す』

おお……。思った以上に普通だ……。

紗月さんのことだからてっきり、世界の拷問《ごうもん》方法でいちばん好きなのはなに？　わたしはね、うふふ、炮烙《ほうらく》かな♡　とか書いてあるのかと。

いや、普通でいいんだよ、ありがたい。むしろ普通がいちばんいい。わたしだって普通になれるなら普通になりたかった。（闇）　普通最高ー！

紗　月：でも、ひとつだけ忠告するわ。

れな子：え、なに……？　こわい……。

紗　月：あなたはずいぶんと瀬名《せな》に心酔しているみたいだけれど、人間の本質なんてゴミよ。瀬名だって一皮剝《む》けば、人間らしい醜《みにく》さがきっと出てくるわ。

れな子：ええー!?　そんなことないですよ！　紫陽花さんは人間じゃなくて天使だから、わたしたちみたいな性格悪いやつらとは違いますよ！

紗　月：今、私も含めた？

れな子：………😋

紗　月：まあ別にいいけれど。私が言いたいのは、瀬名の嫌な部分や見たくない部分を前にしたとしても、あなたは今の態度を貫《つらぬ》けるのかしらね、ってこと。

れな子：そりゃもちろん、わたしは紫陽花さんのすべてを愛していますし……。

紗　月：人間のすべてをまるごと愛するなんて、無理よ。

紗月さんはそう断言した。

紗　月：だからあなたはせいぜい、自分が作り出した幻想の瀬名ではなく、本物の瀬名を見てあげることね。

れな子：えと……はい、わかりました。

紗　月：それだけ。じゃあせいぜいがんばって。

やり取りが終わった。

ようするに紗月さんが言いたかったのは、あんまり理想を押し付けるな、ってことなんだと思うけど……。『人間のすべてを愛するなんて無理』という紗月さんの言葉が、妙にわたしの胸に残る。

確かに真唯も紗月さんも、いいところも嫌なところもあった。それが当たり前だ。

……だとしたら、ひょっとして紫陽花さんにもあるのだろうか。陽キャレベルの足りないわたしにはまだ、それが見えないだけで。

って、いけない。紫陽花さんを待たせちゃってる。出ないと。

小走りで戻ると、トイレを出てすぐの柱の近くに、すんごい美少女が立っていた。

うわあかわいい。紫陽花さんだった。か、かわいいー！

「お、おまたせ、紫陽花さん」

「ううん、大丈夫だよ」

笑顔ひとつで溢《あふ》れ出る多幸感。やっぱり紫陽花さんに悪いところなんてないよ！　まったく紗月さんは心配性だなあ！　紫陽花さんは完璧！　パーフェクトガール！　大天使！

話題も手に入れたわたしに、怖いものはない。

わたしはこんな最高の環境で、なにを怯《おび》えていたのか。紫陽花さんと一緒にいるのに負の感情に襲われることある？　信仰心が足りないんじゃない？

「それじゃあ、いこっか」

「うん、あの、ええと」

あっ、あっ、紫陽花さんが先に進んでしまう。話題、わだ、話題……。

新宿駅の構内で、なかなか落ち着いて話すタイミングが掴めず、新しい話題が提供できない。

わたしは話題を所持しているっていうのに……！　紗月さん、話題を切り出すタイミングもちゃんと指定してくれないとダメじゃないですかあ！

やる気満々の紫陽花さんは普段より早足で、ずんずんと歩いていく。そもそもどこに向かっているのかもわからないので、わたしはただついていくカルガモの子ども……。

一旦改札を出た。階段をあがったり降りたり。

細い通路を歩いたりしてたどり着いたのは、小田急《おだきゅう》線の乗り場だった。

「ええと、紫陽花さんはどこに向かってるの？」

「ふふっ」

ホーム、白線の内側。ようやく横に追いつくと、紫陽花さんはいたずらっ子みたいに微笑んでいた。

『れなちゃんはね、私とふたりだけの世界に行くんだよ』って天国旅行の列車に乗せられるとしても、紫陽花さんとならまあいっか、って思えるような笑顔だった。

でも違うみたい。

「れなちゃんに問題でーす」

「えっ？　あっ、はい」

第一回紫陽花クイズが始まった。正解者には紫陽花さんの好感度をプレゼント!?

「私が前々から行きたがっていた旅行先は、どこでしょうー」

「ええー？　どこだろ……。ネズミーランド？」

「ぶぶー。ではヒントだよ。とってもリラックスできる場所です」

「リラックスできる場所……。えっ、まさか京都とか行く？　お寺めぐり、みたいな」

「ぶっぶー。では正解でーす」

わたしは不正解のまま、制限時間を迎えたようだ。電車がやってくる。ドアの開いた電車に、紫陽花さんは舞い踊るように乗り込んだ。

くるりと振り返ってきた紫陽花さん。スカートがひらりと揺れる。

「おんせんだよ、れなちゃん」

脳が、オフライン大会に出てこないオンライン専門格ゲープレイヤーを思い浮かべた。

それほどまでに、紫陽花さんの言葉は衝撃的だった。

変換機能の回復とともに、わたしは目を剝く。

「おっ、温泉!?」

「そうだよ。指定席はもう取ったから、さ、座ろ座ろ」

「あわわわ」

固まるわたしの手を引いて、紫陽花さんが車内へと歩いていく。

電車の行く先は、わたしの知らない土地だ。そこに、紫陽花さんが行きたがっている温泉があるっていうのか……。

そっか……わたしは、紫陽花さんと温泉に行くのか……行っちゃうのか……。覚悟もないのについていきて、ともに温泉に……。

これを浮き足立つって言うんだろう。ふわふわした気持ちのまま指定席につくと、そこには横並びの座席。んしょ、とリュックを下ろした紫陽花さんが、笑顔でエスコートしてくれる。

「れなちゃんどうぞ」

「う、うん」

わたしはすぐに座らず、立ち尽くしていた。

なんか、あれよあれよという間にここまで来てしまったけど……『紫陽花さんとふたりで家出』っていうそのつよつよワードが、急に現実味を帯びてきた。

この特急列車に乗っちゃったら、わたしはもう都内から離れてっちゃうわけで。

引き返すなら今だよ、なんていうお決まりのフレーズが頭に浮かんでくる。

「れなちゃん？」

紫陽花さんが小首を傾《かし》げて、問いかけてくる。『一緒に天国、行ってくれる？』と。

ええい！　今さら怖気《おじけ》づくなんて、だらしないぞれな子！

紫陽花さんが今までしてくれたことを思い出せ！　これは恩返しだ！　わたしになにができても、できなくても、紫陽花さんをひとりにしていいわけないでしょ！

にこにこと窓側を勧《すす》めてくる紫陽花さんの肩を掴む。

「ふぇ？」

そうして、すとん、と窓側に座らせてあげた。

「きょうは、紫陽花さんの日だからね！」

ちょっと恥ずかしかったので、顔を逸らしたまま告げる。別にかっこつけたかったわけじゃないけど……これは、わたしの決意表明みたいなもんだから！

紫陽花さんはしばらくきょとんとした後で、じんわりと花開くみたいに微笑んだ。

「ありがとうね、れなちゃん」

うっ、か、かわいい……。

「い、いえいえ」

わたしもリュックを下ろして、足元に置く。スマホの充電器やらなにやらを引っ張り出す。

作業に従事しているフリをして、熱くなった頰を見られないようにした。

紫陽花さんは窓の外を眺めながら、ふふっと笑う。

「窓側なんて、ほんと久しぶり。旅行にいくときはいっつも、チビたちに取られちゃってたから。私ほんとは、こういうことしたかったのかなあ」

わたしに話しかけているのか、独り言なのかわからないぐらいの声だった。

様子を覗《のぞ》くと、振り向いてきた紫陽花さんと目が合った。

「ね、どう思う？　れなちゃん」

わたしはなんて言ったらいいか、わからず。

そのまま馬鹿正直に答えるしかなかった。

「え、えと……。わかんない」

紫陽花さんはそれで呆《あき》れることなく、緩《ゆる》やかに微笑んだ。

「そっか、そうだよね」

「うん……」

電車が走り出す。

しばらく、紫陽花さんは流れる景色を眺めていて、わたしたちの間には会話がなかった。

そ、そうだ、話題、話題。

大丈夫、いける、わたしのバックには紗月さんがついているんだから。

「ね、ねえねえ」

「うんー？」

「紫陽花さんって、もしどこにでも行けるとしたら、行ってみたい場所ってある？」

「行ってみたい場所かあ。それってファンタジーな感じでもいいのかな？　ほら、不思議の国、みたいな」

「え、わかんない……」

「わからない!?」

テキストファイルには、ルールとか書いてなかった……。

「えーでも、うーん、西洋のお城とかは見てみたいよね。ほら、ノイシュヴァンシュタイン城とか、ウィンザー城とか」

「ああうん、いいよね、お城！　宝箱とかありそうで！」

ねえ紗月さん！　これぜんぜんうまくいきそうにないんだけど！　わたしの相槌力《あいづちりょく》の低さもちゃんと勘定《かんじょう》に入れてよ！　お城なんてRPGに出てくるやつしか知らないよ！

困っているのを如実《にょじつ》に察してくれたのか、紫陽花さんは「それからねー」と話を転がした。

「一度、あれいってみたいな。コミケ？　っていうの」

「コミックマーケット!?」

紫陽花さんは「そうそうそれ」と笑う。

わたしはただのゲーム好きだから、マンガやアニメには、そこまで詳しくない。ハマった作品もあるけど、めちゃくちゃコアというわけではなく、たしなみ程度だ。

で、でも仮に紫陽花さんがアニメ好きとかだったら、わ、わたしも一緒に楽しみたい……。紫陽花さんと、ふたりだけで通じるお話をしたい……！

まさか紗月さんからもらった話題で、こんな気持ちになるなんて……ありがとう、紗月さん……。持つべきものは友達……。我等友情永久不滅……。

わたしは俄然《がぜん》興味があるフリをしつつ、さりとてがっつきすぎないよう、細心の注意を払って紫陽花さんに身を寄せる。

「あのー、コミケに行きたいって、紫陽花さんはどんなものに興味が、あるんですかー？」

そわそわして、紫陽花さんのお返事を待つ。

すると、紫陽花さんははにかみながら。

「うん。コスプレしている人って、よくニュースとかでもやっているよね。すっごいかわいいから、実際にも見てみたいなあ、って」

「なるほど！」

あぶねえ、完全に罠《わな》だった。オタクを釣り出す罠だ。いや、わたしの被害妄想だ。紫陽花さんはわたしがオタクでも、きっと快《こころよ》く笑顔で受け入れてくれるだろうから……。

「今年は忙しいから、ちょっとムリそうだけど、いつかいってみたいなー」

コスプレかあ……。

「ていうか、わたし紫陽花さんのコスプレ姿めっちゃ見たいかも」

「えー？」

紫陽花さんが頬に手を当てて、恥ずかしがる。かわゆ。

「でも、コスプレってその作品を好きな人がやるんだよね。あ、それなら私、ニチアサの魔法少女の格好してみたいな。あれすっごくかわいいよねえ」

なるほど。紫陽花さんって弟さんたちと一緒に、戦隊モノとか仮面ライダーとか見ているのかな。つまり、その後にやってる魔法少女シリーズも見てる、と。

え、紫陽花さんの魔法少女コスプレ？　めちゃくちゃかわいいじゃんそれ……超見たいじゃん……。フリフリのスカートとか着てさ……。おいおいとんでもないぞ……。

「私、その作品に登場しているキャラクターで好きな子がいるんだ。途中から加わってきた子なんだけどね――」

と、わたしは目的地に到着するまで、紫陽花さんの作品語りを聞いていた。

紫陽花さんが女児向けアニメの感想を語ってくれるなんて、わたしはこれだけで家出に付き合ったかいがあったな、って思った。

かわいい人がかわいいものの話をするとか、あまりにもかわいい……。

都内を離れてゆく電車の片隅は、世界一優しい、優しさだけでできた空間だった。

紫陽花さんとのふたり旅、まーじ最高──！

＊＊＊

「れなちゃん、そろそろつくよー」

「はっ」

　どうやらいつの間に眠ってしまっていたようだ。昨夜はほとんど寝付けなかったから、致《いた》し方《かた》ない……。口元をごしごしと拭《ぬぐ》う。

「ご、ごめんね、紫陽花さん」

「ううん、ぜんぜん。私もちょっと寝ちゃってたから」

　そう言って恥ずかしそうに笑う紫陽花さん。寝起きに紫陽花さんの顔が見れるとか、冷静じゃいられなくなっちゃうな……。

　わたしたちはリュックを背負って、特急電車を降りた。

　駅のホームから眺める景色は、かなり閑散《かんさん》としていた。改札もレトロな感じで、あんまり『満員御礼の観光地！』という雰囲気ではない。

　なんというか、全体的に……。

「なんだか寂《さび》れてるねえ」

「えっ!?　それ言ってよかったの!?」

「あはは、だって見たまんまだよ」

いや、確かにそうですけども……。紫陽花さんの念願の旅行場所かなって思って……。

街には、潮っけの混じった海風が流れている。どことなく、前にお出かけしたお台場《だいば》を思い出した。あのときわたしの隣に立っていたのは、真唯だったなあ。

今は隣に紫陽花さんが立っている。ぼんやりと髪を押さえて、おっきなリュックを背負った紫陽花さんは、ここではないどこかを見つめているようだった。

声をかけず、ずっと紫陽花さんの横顔を眺めていたい気分ではあったけど、いつまでもここでぼーっとしてるのも不審人物なので、話しかける。

「ええと、目的地はここらへん？」

「うん。きょうはね、この街の温泉旅館に泊まろうと思ってて」

「そうなんだ」

紫陽花さんは駅前広場にある時計台を眺める。

「もうすぐお昼だし、お腹《なか》へってきちゃったね。どこかお店入ろっか」

「承知！」

あんまり選択肢もなさそうなので、わたしと紫陽花さんは駅前にぽつんと立っているおうどん屋さんに入ることにした。

お客さんはまばらだ。紫陽花さんと隣り合わせのカウンター席に座る。紫陽花さんの華奢《きやしや》な肩が近くにあって、急速に存在を意識してしまいそうな心を必死に制御する。

「あ、紫陽花さんって、おうどん好き？」

「好きだよー。麺類好きなんだ。でも、なかなかこういうお店ってひとりじゃ入れなくて」

「わかるー」

と言いつつ、なにもわからなかった。わたしはおひとり様が平気な人種だから……。

そこで、ぴこーんと視界の隅に、目を尖《とが》らせた紗月さんが現れた。

『どうしてウソをつくの？　私、前にも言ったわよね？』

ち、違うんです！　今のは無意識に、なんとなく流れで同意しただけで！　深い意図があったわけじゃないんですよお！

慌てて訂正する。

「いや、でもわたし！　けっこうひとりでラーメン屋とか入れたりするかもー！」

そこで紫陽花さんが急に冷たい目になって『なんでウソついたの？』って問い詰めてきたら、爆泣きしちゃうだろうな。

しかしそんなことはなかった。

「へえー、すごいねー。だったられなちゃんと一緒なら、どんなお店にも入れちゃうね」

めちゃくちゃ遠回しな嫌味かと思いそうになったけど（どこでもおひとり様なんだ？　寂し

いねw的な）、相手が紫陽花さんだからそんなこともなかった。

「そうだね！」

注文したおうどんが運ばれてきた。わたしは冷たいかけうどん。紫陽花さんは温かいきつねうどんだ。リュックから髪ゴムを取り出した紫陽花さんが、しゅしゅっと髪をまとめる。うなじが見えて、ちょっぴりドキッとする。

「そ、それじゃあ、いただきますね」

「いただきまーす」

これはわたしがいやらしいとかじゃなくて、ただの一般論なんだけど、かわいい子が髪をまとめて麺を控えめにすする仕草ってなんかいいよね。ただの一般論なんだけどさ！

「おいしいね」

「う、うん」

危ない危ない。紫陽花さんがふーふーしてる麺になりたい、は完全にライン超え。

学校のみんなでごはんを食べるのはようやく慣れたけど……ふたりで外食するのはなんだか緊張しちゃう。たぶんわたしの中には『ふたりで一緒にごはんを食べる』っていうのに、ひとつの境界線があるんだと思う。

お茶するとか、クレープを立ち食いするとかじゃなくてさ。なんだろうね。食事っていう日常の営みを友達と一緒にするのが、恥ずかしいのかな。

ちらりと隣を窺《うかが》うと、紫陽花さんと目が合った。うっ。

紫陽花さんはふふっと笑って。

「一口ほしいの？」

「そ、そんなことはないです。ただ、あの、なんとなく見ちゃっただけで、すみません」

「どうして謝るの、れなちゃん。おかしいんだ」

「へ、へへ……」

だめだ！　どんどんわたしが気持ち悪いやつになっていく！　もっとまともな話をしたい！　まともな話ってなんだ!?

紗月さん、二枚目、開かせていただきます。初日の数時間で半分使っちゃうのヤバじゃないかって？　そうだよヤバだよ！

二番目のテキストファイルには、こう書いてあった。

『将来の夢の話』

さ、さすが紗月さん……。なんてまともな話題なんだ。誰にもキモチワルく思われない、完璧な距離感……。普段、コミュニケーションに興味なさそうな顔しておきながら、必要なときに必要な量を出せるわたしにとって必要な女……。

ただなにも考えず、紗月さんのテキストの内容を口に出す。わたしはラジコン操作のロボットであった。

「紫陽花さんって、将来の夢ってあったりする？」

「えー、夢かあ。なんだろ」

箸《はし》を動かしながら、困った笑みを浮かべる紫陽花さん。

「夢って難しくないかなあ？」

確かに！

「れなちゃんはなにかあるの？」

「わたしは……そうですね」

できれば一生働かず、誰とも触れ合わず、孤独に生きて孤独に死にたいですね。

反射的に頭に浮かんだワードをデリートする。さすがの紫陽花さんもドン引きだよ。

「げ、ゲームして食べていけたらいいなって思ってたこともあったかな、あはは。イマドキ流《は》行《や》りのほら、ゲーム配信者とかみたいな、ははは……」

「えー、楽しそう。素敵だね」

全肯定紫陽花さんが、にっこりと笑う。

わたしがもうちょっとウブだったら『こ、この子、わたしの夢を認めてくれた……。よし、わたし全世界でいちばん強い配信者になって、この子をお嫁さんにするんだ、へへへ……』って危うく決意してしまいそうだった。

「で、でもね、今は違うんだよ。なんかね、いろんなことをやってみたいんだ。うまくいかないかもしれないけど……！」

「そうなんだ。すっごくいいと思う。人の夢のお話を聞くのって、楽しいね」

紫陽花さんはニコニコと聞いてくれた。

好感度があがった音がする……へへ……。

「私もねえ、昔はお菓子屋さんになりたかったかなあ。あとは大人のお姉さんとか」

「お、大人のお姉さん？」

「なにそれだよね。背筋を伸ばして歩いているかっこいいお姉さんなんだけど、なにをしているかとかは、ぜんぜんわかんないの。ただスーツ着てヒール履《は》いて、街を歩いている感じ」

子供の頃の夢なんだろう。今より大人になった紫陽花さんの颯爽《さっそう》とした姿を想像し、わたしはときめいてしまった。紫陽花お姉ちゃん……！

「でも……実は、今もあんまり変わってないのかも」

紫陽花さんはうどんの器《うつわ》を両手で持ちながら、ふぅ、とため息をついた。

「ちょくちょく思うんだ。今よりもね、もうちょっと大人になりたいな、って。人に優しくて、ちゃんと勇気があって、なんでもできるような」

「それって、前に電話で言ってたやつ？」

「そうだねー。とりあえず今の目標、かな。先はけっこう遠いんだけどねえ……」

わたしから見たら完璧な紫陽花さんでも、自分に足りないところを認めて、日々努力しているんだなあ……。

紫陽花さんは「まっ」と笑い飛ばす。

「ぜんぜんだめだったけどねっ。弟にガミガミ怒って、家出しちゃうぐらいだし」

「そ、そういうときもあるよ。ずっとがんばり続けるとか、人間にはムリだし！」

「れなちゃんはいい子だねえ……。ダメダメな私を、そうやって慰《なぐさ》めてくれて……」

紫陽花さんの笑顔が儚《はかな》くて、今にもかき消えてしまいそうになってる！

なんで!?　ちょっと待って！

「いや、そうじゃなくて、ほら、わたしがムリだから！　ぜんぜん、紫陽花さんはわたしのこといろいろと褒《ほ》めてくれるけど、まだまだだから！　わたしはすぐへたばっちゃうから、ちゃんと休むときは休むし、がんばれないときには全力でだらけるよ！」

わたしは自分を信じてない。こいつは土壇場《どたんば》で根性が出なかったり、突然裏切ってくるやつだから！

「ちゃんと自分のペースわかってるんだね、れなちゃん、すごいなあ」

そういう話じゃないんですよお！

「一日中お布団で寝てるときだってあるよ!?」

「休めるときに休むのって、大事だよねえ」

「だらだらとゲームやって、やらなきゃいけない宿題を翌日に回したり！」

「夢中になれるものがあるって、羨《うらや》ましいな」

わたしがこれだけ自虐しているのに、紫陽花さんの自己評価が下がっているからか、なにを言っても褒められてしまう！

今だけは紫陰花《やみさい》さんが恋しいよ！

このままじゃ、申し訳なさで体が破裂してしまう。早くなんとかしてもらわないと。

「頼む、紫陽花さん……わたしを罵《ののし》ってくれ……」

「そんなお願いある!?」

「でも、なんて……？」

目を丸くした紫陽花さんが、慌てて聞き返してくる。

「紫陽花さんが日ごろからひそかに思っている悪口とかを言ってくれれば……」

「ええ～……？　そんなの……」

紫陽花さんは思い出すみたいに、じとーっとわたしを見つめる。

心拍数が上昇してゆく。背中を不穏な汗が流れ落ちた。

紫陽花さんが人を罵る姿を見たことないんだけど、なにを言われてしまうんだろう……。

『ばーか、おたんこなーす』みたいなかわいい感じなのか、あるいは『れなちゃんって三人以上で話していると急に口数少なくなるよね』って、わたしの核心を貫くのか。

妙な緊張感の中。

紫陽花さんは半眼で、ぽつりと口にする。

「れなちゃんって……………誰にでも優しいよね～」

「それ紫陽花さんが言う!?」

芦ケ谷《あしがや》の天使の発言に、思わず叫んでしまった。


ごちそうさまでした、ってお店を出て、わたしと紫陽花さんは再び、街を歩いた。

なんでもない海沿いの街。初めて歩くのに、ノスタルジックを感じてしまうような景色だ。

先を歩く紫陽花さんは、一見いつもの紫陽花さんなんだけど……。ご飯食べながら話した感じだと、やっぱり気にしちゃってるみたいだ。紫陽花さんが自虐するなんて、よっぽどのことだもんな。

ときどき目を伏せていたりするし……。

元気を出してもらいたいけど、うまくいかない。

高校デビューじゃなく、中学ぐらいからデビューしていたら、わたしもそれなりに豊富な人生経験で、紫陽花さんを励ますことができていたんだろうか。

ふと立ち止まって、紫陽花さんは堤防の向こうを眺める。

夏の日差しを浴びて、海は白く輝いていた。

視界いっぱいに広がる海はあまりにも大きすぎて、途方もない。わたしは紫陽花さんとの距離を縮めて、その横に並んだ。

「この街ね、前に何度か遊びに来たことがあるんだ。親戚の人が、民宿をやっててね」

「あ、そうなんだ」

まったく知らない街ってわけじゃなかったんだ。

「うん。なんにもないところだなーって思ってて。でも、普段東京で暮らしているからかな？このののんびりした感じ、なんか嫌じゃなかったんだ」

大きなリュックを背負い、ふたり並んで歩く。

そこでわたしは気づいた。今わたしたちが向かっているのは、その親戚の人がやっているっていう民宿なんだろう、と。

「どこかいきたいなーって、よく旅行サイトとか見ちゃったりするんだけど……。でもね、家出するって決めて、最初に思いついたのがここだったの」

紫陽花さんは視線を落とした。

「結局、私は知っているところにしか来れないんだなって思っちゃったんだ」

どこか物悲しそうな表情だった。プールの水を怖がって、飛び込むことのできない小さな女の子みたいに。

だんだん、わたしはなにをすればいいのか、わかってきた。

……よし。

これぐらいなら、わたしにだって！

紫陽花さんの手を握る。

「ひゃっ、れ、れなちゃん？」

「ねえねえ、紫陽花さん！　この近くにもうひとつ旅館があるみたいだよ！」

スマホを見せつつ、わたしは笑ってみせる。

「紫陽花さんの行ったことあるとこもいいけど、ふたりで一緒に、そうじゃないところに泊ってみない？　大失敗しちゃうかもしれないけど……それなら、それでさ！」

無責任に言い放つ。

紫陽花さんが驚きながら、わたしを見返してきた。

余計なことを口走っていないかどうか、緊張する。紫陽花さんに『いや、そういう空気じゃなくない？』って切って落とされるのは嫌だ！

だから間《ま》を埋めるみたいに、恥ずかしいことをほざいてしまう。

「大丈夫！　紫陽花さんは、どこにだっていけるし、なんだって選べるよ！　紫陽花さんひとりじゃ不安だったら、わたしが一緒にいるから！」

辺りに誰もいない寂れた海沿いの街で、わたしは紫陽花さんの手を握りながら叫ぶ。

意図したつもりはなかったんだけど、これは相手に思いを伝えるために、紫陽花さんが心がけていることだった。

紫陽花さんはきゅっと眉の間に力を込めて、わたしを見返してくる。

「れなちゃん……」

「う、うん。そういうことだから、あの」

「……その旅館って、あれ？」

「え？」

紫陽花さんが指差したほうを見やる。すると。

「つ、潰《つぶ》れてる……！」

通りの向こうにあった旅館には『休業』の紙が貼ってあった。

なんてこった！　頭を抱える。

恥ずかしすぎて汗がやばい。この場に崩れ落ちてしまいそうだ。そっちにも事情があるのかもしれないけど、ちゃんとウェブサイトも更新しておいてくれよお！

紫陽花さんはくすっと笑った。

「だったら、れなちゃん……隣の駅に、いってみよっか」

「え、あ、はい！　そうですね！」

ささやくような紫陽花さんの声に、わたしは必死にうなずく。

紫陽花さんが気を遣ってフォローしてくださった……。ありがとう、ありがとう紫陽花さん……。やはり、わたしは真唯にはなれない……。

「……ありがと」

「え、や、はい？」

紫陽花さんが小さな声でお礼をつぶやいた。

恥ずかしさで顔が熱くなってるわたしは振り返ることができず、そのまま歩き出す。なぜか手を繋《つな》いだまま、わたしたちは駅に向かって、来た道を戻っていった。

紫陽花さんの手のひらは、いつか手を繋いで駅を歩いたそのときより、熱かった気がした。

ちなみに次の電車が来るのは、40分後であった。こういうの見ると、ここは東京じゃないんだな～～ってヒシヒシと実感するね！

＊＊＊

紫陽花さんの知っている海沿いの街から、よく知らない海沿いの街に移動して。

わたしたちは街にひとつだけある小さな旅館を訪れていた。

どこか銭湯を思わせるようながらんとしたフロントは、他に宿泊客もいなさそうだ。

「ぜんぜん考えてなかったけど、そういえば高校生ふたりで宿泊できるのかな……」

確か、保護者の同意書とかが必要なところもあるって話だけど。

ビクビクしているわたしに、紫陽花さんが微笑む。

「ちょっと、聞いてみるね」

すみませんー、と紫陽花さんがフロントにトコトコと歩いていった。

他人の知見を自分の糧《かて》とする特殊スキル『ちょっと聞いてみる』が使える人間は強い……。さすが紫陽花さんだ。なかなかできることじゃないよ。

結果から先に言うと、めちゃくちゃふつうに泊まれることになった。

受付のおばちゃんも、紫陽花さんには一切の警戒心がないみたいだったし……。さてはこれ、事情もなにも聞かれなかったのは、泊まりにきたのが紫陽花さんだったからじゃないか？

さすが紫陽花さん……対人チート能力の持ち主……。紫陽花さんはきっと、生涯一度も職質を受けることはないだろう。人の善意の光だけを浴びて、永遠に咲き誇ってほしい。

ルームキーをもらった紫陽花さんが、笑顔でこっちに手を振ってくる。

「れなちゃん、お部屋あいてるって。よかったねー」

「よ、よかったねー」

その後も、おばちゃん（女将《おかみ》さん？）が紫陽花さんと世間話するのを、横で聞いていた。

『お友達？』『ふたりで旅行？　いいわねえ』『なんにもないところだけど、ゆっくりしていってねえ』『あ、でも明日はお祭りがあるのよ、名物だからぜひ顔出してみてほしいわね』などなど。言葉がマシンガンみたいだった。

初対面の人にそんなに話しかけられたら目を回しちゃうわたしと違って、紫陽花さんはまるでいつも話す近所の人みたいに、調子よく相槌を打っていた。すごい。

長い通路を通って、そのままおばちゃんに部屋を案内してもらう。

おお。

宿泊部屋はちゃんとしたお部屋だ。（っていうのも失礼な話かもだけど）

中は和室になってて、おうちのリビングぐらいの広さ。

大きなテーブルと、四つの座椅子。テレビやら小さな冷蔵庫やらが置いてある、ごく普通の旅館だ。隣の部屋には、布団を敷くスペースもあった。

『ハズレでもいいよ！』って言い張って泊まることを決めた割には、普通にいい部屋だと思う。これも紫陽花さんの日頃の行いだね。説得力がありすぎる。

「それじゃあ、なにかあったらなんでも言ってね～、紫陽花ちゃん～」

「はい、ありがとうございます」

わずか数分で、すっかりおばちゃんと打ち解けた紫陽花さんが頭を下げる。

ガチャリとドアが閉まって、わたしと紫陽花さんだけがその場に残された。

紫陽花さんはリュックを置いて、嬉しそうに笑う。

「このお部屋をふたり占めなんて、贅沢《ぜいたく》だねー」

「そ、そうですね」

わたしも隅っこにリュックを置き、冷房をつけてから座椅子に腰を下ろした。

ふー……とりあえずは、これで一息つける。

紫陽花さんは楽しそうに部屋を見て回っている。

「わー、すてきな旅館だねー」

すごいかわいい……紫陽花さんの歩いている姿、無限に癒《い》やされる……。お部屋にカメラを置いて、24時間配信してもらいたい。

紫陽花さんは押し入れを開いたところで、宝物を見つけたみたいな声をあげた。

「ねえねえ、浴衣《ゆかた》が入ってるよ、浴衣。着替えようよ、れなちゃん」

「あ、うん」

確かに、朝からずっと外出てて、汗かいちゃったしね。

引きこもりのわたしは、ホームポイントができたことで安心して、無防備にうなずいてしまった。浴衣の本当の恐ろしさも知らず……。

紫陽花さんの隣に並んで、ありきたりな柄《がら》の旅館浴衣を手にしたそのとき、わたしの脳に電流が走る——。

紫陽花さんの、浴衣姿……!?

それは、ちょっと、その、大丈夫なのか……？

「わーい、涼しそうー」

紫陽花さんはその場で着替えようとするものだから、わたしはどうにかなってしまうところだった。背を向ける。

「あ、あの、アノアノ」

「あっ、ごめんね。私、隣の部屋で着替えてくるね」

すると、気を遣ってくれた紫陽花さんが、浴衣をもってそそくさと隣の部屋に入った。襖《ふすま》をゆっくりと閉めつつ、途中、なにかに気づいた顔。

リップが笑みを描く。

「れなちゃん……覗いちゃ、だめだよ？」

「ひょあっ!?」

奇妙な鳴き声を発する怪鳥《かいちょう》を置いて、くすくすと笑いながら紫陽花さんが襖を閉めた。

隣の部屋で、紫陽花さんが着替えをしているんだ……。

シャツを脱いで、スカートを脱いで、浴衣に……。

体育の授業でも一緒に着替えてるけど、みんなもいて、がやがやと賑《にぎ》やかだからね。今みたいにこんな、しっとりとした雰囲気じゃないし……。

耳を澄ませば、クーラーの駆動音にまぎれて衣擦《きぬず》れの音が聞こえてきそうで、わたしは慌てて服を脱いだ。聞こえてくるのはどっちかというと、自分の心臓の音ですが！

キャミの上から、さらりとした生地《きじ》に袖《そで》を通し、腰の高さで帯を締める。

浴衣着たの何年ぶりだろう。窮屈《きゅうくつ》だけど、背筋をピンと伸ばしたくなる着心地だった。ヘンじゃないかなあと洗面所の鏡で確認するけど、ううむ、よくわからん……。ただ、普段より胸が強調されている気がする。

髪型がいつも通りだから、あんまりトクベツ感がないのかな。髪をいじってみようか……？　いや、よくわからないものに手を出すのはやめよう。

すると、後ろのほうでがらっと襖が開いた。紫陽花さんが完成したらしい。

「おまたせー」

「あ、はーい」

てくてくと戻ってゆく。するとそこには、大和撫子《やまとなでしこ》がいた。

「えへへ、浴衣きもちいいねー」

「あわわわ」

大変だ……。紫陽花さんが旅館浴衣を着てる……。

髪を簡単にナイロンゴムでまとめて、首から下に垂らしている。そのうなじがあらわになって、危険だよこれは。なんていうか、色気がすごい。

足首まで隠すような長い丈《たけ》から覗く素足は、さっき見た海よりも眩《まぶ》しい。旅館浴衣の生地のせいか、ただでさえ可憐《かれん》な紫陽花さんが、さらに柔らかくたおやかに見える。

肩がね、すっごく細いんだよね……。なるほど、浴衣は首筋から肩にかけてのライン……。

これは、紛《まぎ》れもなくフェチ……！

「れなちゃんの浴衣姿、いいね。ふふっ、お揃《そろ》いだね」

「そうですね！」

眼福《がんぷく》、という二文字がわたしの頭上でネオンライトのように光る……。

くっ、紫陽花さんが歩くたびに裾《すそ》がちらちらと翻《ひるがえ》って、みえ、み、みえ……。くそう！

胸元と裾の布を溶接してえ！

ひとつ屋根の下、紫陽花さんと浴衣でふたりきりか……。こんなんまるで夫婦じゃん……。

アカン、アカンよ……。着替えたばかりなのに、また汗かいちゃうよ。

「なんか、旅館に来たって感じがするねー」

「ですねー！」

深呼吸する。さすがに落ち着こう。

紫陽花さんも自分を性的な目で見てくる女と同室とか、ぜったい困っちゃうでしょ。

いや、いや見てませんけど⁉

なにを言ってるんだれな子。自分で自分にびっくりしたわ今。紫陽花さんのことを？　性的な目で？　一度だって見たことないわ。ふーびっくりした。

いやね、たまにいるんですよ。わたしたち（わたしを除く）真唯グループは人の話題に上りやすいからさ。うちのクラスでいちばん好きなの誰？　みたいな。

もちろん男子もお行儀のいい子ばかりじゃないので、やっぱ王塚と付き合いてーよな、とか、いやいや瀬名でしょ、とかさ。

あくまで本人のいないところだけどね。

そういうの聞きながら、わたしはちょっと男子ーって気分だったりしたんだけど……。

今のわたし、めちゃくちゃ同レベルじゃないか……？　思考が男子高校生……。

くっ、また落ち込んできた。

いいか？　紫陽花さんは天使なんだ。いくら真唯のせいで嗜好《しこう》をちょっぴり塗り替えられたとしても、わたしが紫陽花さんをそういう対象として見るのは、ぜったいにありえない。紫陽花さんはね、この汚い世界に舞い降りた地球最後の『光』なんだよ……。

そんな『光』は向かいに座り、旅館の説明書？　みたいなものをめくっている。（インフォメーションブックと言うらしい）

「すごい、ここ離れに貸し切り温泉があるんだって。予約で借りられるみたいだよ。あとで電話してみよっか」

「い、いいですねー」

温泉……貸し切り温泉……？

「それって」

「うん？」

わたしは顎《あご》に手を当てた。

「紫陽花さんとふたりで温泉に入るってこと？」

「うん」

勘違いがあってはいけない。

ジェンガの棒を引き抜くような慎重さで、改めて問い返す。

「……紫陽花さんとふたりで温泉に入るってことは……それってつまり、わたしが紫陽花さんとふたりで温泉に入るってこと……？」

「う、うん」

いや、それは……。

それは………だめじゃないか!?

確かにわたしは紫陽花さんを宇宙創生以来たったの一度も性的に見たことはないし、真唯や紗月さんとは一緒にお風呂に入ったけど……紫陽花さんとは、さすがにだめじゃないかな!?

それはよくない気がする！　固辞！　固辞固辞！

「あ、ご、ごめん、わたしちょっと温泉はいいかな」

「そう？」

「う、うん！　あの、なんというかね、人に見られるのちょっと苦手っていうか、別に紫陽花さんがどうこうってわけじゃなくて！　ぜんぜんそんなんじゃないんだけどね!?」

「そ、そうなんだ」

　水に入れられた猫のように慌てふためくわたしに、紫陽花さんはじゃっかん引いているみたいで、「一緒に入りたかったなあ」とは言うものの、それ以上強く誘ってはこなかった。

　わたしの陰キャ力があれば、人を引かせるなんて手慣れたものよ。これまで何百人と引かせてきた経験が、初めて役に立ったな！　シンプルにつらい。

　しかし、よかった。紫陽花さんがしなだれかかってきて『れなちゃんは私と一緒に温泉入りたくないんだぁ？』って甘えてきたら、わたしになすすべはなかった。

　へっ、いくら真唯や紗月さんと完璧な不可抗力（強調）でお風呂に入ったとはいえ、紫陽花さんともお風呂に入るなんてことはありませんからね！

　紫陽花さんはぺらぺらと説明書をめくりながら。

「あ、こっちのエリアには卓球場があるんだ。れなちゃん卓球できる？」

「そこそこかな……」

「私、れなちゃんと卓球してみたいなー」

「お、お手柔らかに」

「……」

　そこでだ。はしゃいでた紫陽花さんが急に黙ったかと思えば、隣にやってきた。

　えっ!?

な、なになに……？　旅館浴衣を着た紫陽花さんがそばにいる。布の下の膝《ひざ》の丸みにばかり気を取られて、ドキドキしてしまう。

紫陽花さんが、こほん、と咳払《せきばら》いした。

「あのね、れなちゃん。ちょっと大事なお話をするね」

「は、はい」

大事なお話……？　いったいなんだ……？

実はもう二度と地元に帰らず、この旅館で住み込みで働いて暮らすつもりです、とか言われたらどうしよう。わたしは紫陽花さんを応援するべきか……？　でもそれは嫌だ、寂しい……学校に戻ってきてほしい。

わたしが怯《おび》えていると、紫陽花さんは。

「ここまで曖昧《あいまい》にしてきたけど、お金のことなの」

「え？」

お金？　予想外の話だ。

紫陽花さんはリュックから、エナメルピンクの長財布を取り出してくる。

「今回、れなちゃんは私の家出に付き合ってくれているよね」

「うん？　まあ、うん……？」

なんか引っかかる言い方だったけど、わたしはうなずく。

問題はそのあとだった。

「だからね、かかったお金はちゃんとぜんぶ、私が払おうと思ってるの。宿代と交通費。あとは、きょうのお昼の分とかも」

紫陽花さんは急にびっくりするようなことを言いだしてきた。

「いや、いやいやいやいや！」

さすがにそれは！

「わたしが好きで紫陽花さんについてきてるんだし！」

「うん……その気持ちは嬉しいし、れなちゃんには本当に感謝してるの」

紫陽花さんは困り眉で微笑む。

「でもね、元はと言えば私が始めたことだから。れなちゃんは一緒にいてくれるだけでよくって、それ以上もらったら申し訳ないよ。ごめんね、空気悪くしちゃうね」

「いや、そんな……だって、自分の分だし……」

「れなちゃんのそのお金って、やっぱり私が使わせちゃってるものだから。ここの宿代だって、高校生にとっては安くないでしょ？」

耳鳴りがしてくる。

自ら《みずか》望んでイエスマンになっているわたしが、紫陽花さんのお言葉を否定しなければならないという自己矛盾《むじゅん》に苦しみながらも、声をあげる。

「そ、そんなこと……！　ほら、グループでどっか寄るときとか、誰かがここ入ろうよって言っても、その人のオゴりになったりしないでしょ？　当然ワリカンだよね？　ね、ね？」

それなりに説得力がありそうな言葉を、なんとか絞り出す。

「そ、それにわたしの貯金なんて、どうせソシャゲに課金するかゲーム買うお金にしか使わないんだから！　紫陽花さんと一緒に旅行できるなら、本望だよ！　福沢諭吉《ふくざわゆきち》だって今頃、祝杯あげてるよ！」

「福沢諭吉さんは確かに相当なお酒好きだったたって話だけど……」

紫陽花さんは視線を落とし、指先を見つめる。

「うん………うん」

よかった。

わたしの気持ちが伝わってくれた。

ホッとしたのもつかの間、紫陽花さんはふるふると首を横に振る。

「ううん、やっぱり……だめだよ。みんなでカフェに行くこととは、違うよ」

「な、なんでえ」

「だって、家出するのは、悪いことだから」

紫陽花さんは真剣な顔をしていた。

「私、家に弟を置いて、飛び出してきたひどいお姉ちゃんだから……。そんなのに、れなちゃんまで付き合わせちゃってるんだよ。お金を半分こしてもらうなんて、虫が良すぎるよ」

な、なにそれ……。

わたしは紫陽花さんの言っていることがさっぱりわからなかった。

悪いお姉ちゃんだからお金を二倍払おうとしているの？　それじゃまるで、自分に罰を与えてるみたいじゃん……。

「わ、わたしは」

泣きそうになってきた。

紫陽花さんのためにお金を使うなんて、ぜんぜんまったくなんでもないのに。

けど、紫陽花さんを見ていると『それはあなたのワガママで、私は一切望んでいないことだから』と拒絶されているみたいだ。

どうにかして、論理を正当化したい。

学校生活でお世話になっているから、とか。ううん、だからってお世話になっている人にお金を払ったりしないし……。

「あの、その……わたしは……」

けど、わたしは、こういうときに割り勘にしてもらえなくて、一方的にお金を払ってもらう関係が本当の友達だとは思えない。

つまり、わたしと紫陽花さんは、まだ友達じゃなかった……？

う、うう……。

こんな場合、真唯なら『お金の心配はいらない』と堂々と胸を張るだろう。ズルい。庶民《しよみん》のわたしが同じように言ったとして、スルーされるに決まってるのに。

紗月さんだったら？　案外、普通に受け入れる気がする。『あらそう、ありがとうね』と言って、紫陽花さんの善意を全身で飲み込むのだ。それはすっごく心が強い選択だ。

香穂ちゃんなら、『ふっふっふ！　大丈夫、このお金、宝くじで当たったやつだから！』って冗談を言って笑わせつつ、愛嬌《あいきよう》でシリアスな話題そのものをふっ飛ばすんだ。

わたしはそのどれもができない。

言葉が、出てこない。

我慢してなきゃ、嗚咽《おえつ》が漏《も》れそうだ。

「紫陽花さん、わたし……わたしは……」

じゃあ、ついてこなければよかったの？　って。

喉《のど》まで出かかった言葉を飲み込む。

それを言ったら、おしまいだ。

だってわたしは、紫陽花さんと一緒に来るのが正しいことだと思ったんだから。

自分の正しいと思ったことを、信じなきゃ。

紫陽花さんが、痛ましいものを見るような顔で謝罪の言葉を口に出す。

「ごめんね、れなちゃん。れなちゃんを傷つけたいわけじゃないの……。ただ、私はれなちゃんにまで負担をかけさせたくなくて」

わたしはおもむろに立ち上がる。

紫陽花さんの顔に影がかかる。

「……れなちゃん？」

紫陽花さんの両肩に手を置いた。

その華奢な身体を見下ろす。

わたしは――わたしにできる選択肢を、取るしかないのだ。

「わ、わかった、紫陽花さん……。ただ、条件があります……！」

「じょ、条件……？」

紫陽花さんは戸惑《とまど》い顔。

「条件って、な、なに……？」

「それは、身体で……」

「身体で……!?」

赤く染まってゆく紫陽花さんの顔を見つめながら、やぶれかぶれに訴えた。

「――身体で、勝負だ！」

わたしと紫陽花さんは、テーブルを挟んで向かい合っていた。

「あのー」

完全に困っている紫陽花さんに向けて、わたしは宣言する。

「わたしが勝ったらワリカンだからね！」

「そういうことじゃないと思うんだけどー……？」

「やだ、やだやだ！　わたしが紫陽花さんに全額払ってもらうなんてムリ！　それならついて、こなければよかったもん！　今すぐ帰ったほうがマシだもん！」

喉まで出かかっていた言葉が、すぽーんと飛び出してきた⁉　もうおしまいだ！

「だったら残念だけど」

おしまいじゃない！　おしまいなんかにしない！

「帰らないし！　ぜったい帰らないし！　ひとりで隣にお部屋借りて、ずーっと紫陽花さんに付きまとってやるし！　それが嫌なら、卓球勝負でわたしに勝ってください！」

「れなちゃんってば、むちゃくちゃだよー……」

むちゃくちゃでもいいし！　真唯と紗月さんのときだってそうだったんだ！　わたしは戦って勝つことでしか前に進むことができない女！

わたしたちはラケットとピンポン玉を借りて、卓球場にいた。

浴衣姿の女子高生がふたり。お互いにスリッパを履《は》いてラケットを握っている。

結局、わたしにできるのは、悪あがきと半泣きで駄々をこねることだけだった。

プライドなんて！

陽キャになりたいって妹に頭下げたときから残っちゃいないんだよお！

「というわけで、いざ勝負開始です！」

「ああもう」

紫陽花さんに言いくるめられる前に、姑息《こそく》なわたしはサーブする。

カッコーンとうまいこと相手の陣地に入ったピンポン玉を、紫陽花さんが難なく打ち返してきた。ちょっとやめて!?　うまいんですけど!?

「これで負けたら、れなちゃんはちゃんと納得してくれるの？」

パコン。

「そっ、そのときはそのときで、別の方法をまた考えます！」

パコン。

「なにそれっ、だったら私だって負けたからって納得できないよ!?」

「そこをなんとか！」

「れなちゃんにだけ都合がよすぎないかな!?」

パコン、パコン、パコン。

ラリーが続いていく。甘織れな子は密《ひそ》かに球技だけならそこそこできる。母親も妹も運動神経がいいから、その力の残滓《ざんし》みたいなものが宿っているのだ。

けど、それ以上に紫陽花さんが手強《てごわ》い！

さ、さすがトップカーストグループの一員。イメージでは裾を引っ掛けてすぐ転びそうなぐらいほわほわしているのに！　運動すらできるとか、もう死角がない！

ボールがわたしのラケットをすかっとすり抜けてく。くう！

ルールは十点先取。取ったり取り返されたりを重ねつつ、スコアはずっと紫陽花さんリードのままだった。

ああもう、このままじゃ負けちゃう！

わたしはこないだの紗月さんを見習って、盤外戦術でも戦うことにした。声を張る。

「だいたい、いいじゃないですか、家出旅行なんだから！　お金とか気にせず気晴らしでめいっぱい楽しみましょうよ！　お昼まで寝たり、一日中だらだらしたり、散歩したり！」

「それとこれとは話が違うよっ。私の勝手な行動にれなちゃんを巻き込んで、時間まで使わせちゃってるんだよ！」

紫陽花さんがサーブを仕掛けてくる。

前かがみになったその姿勢は、み、みえ……肌着の隙間からブラがちらと見えてしまって、わたしの集中力を削ってくる！

しかも裾も広がって、脚が、そのふとももが見えたりするんですよ！　色仕掛けはさすがに反則だよ紫陽花さん！

「紫陽花さんこそ、なんでそんなに強情なの!?」

パコン。

「何万円もするんだよ!?」

パコン。

「わかってますけど！　大丈夫ちゃんとお金下ろしてきたから！　こんなときのために！」

「大事に使ってよ！」

「大事に使ってるんですー！」

ぺちんと音を立てて、紫陽花さんのコートにピンポン玉が叩きつけられる。ボールを拾いにいった紫陽花さんは、肩で息をしていた。わたしも似たようなものだ。

「わたしは」

だんだん考える余裕もなくなってきて、ありのままの声がこぼれる。

「紫陽花さんのこと、大切な友達だと思ってる……から」

「……それはもちろん、私もだよ」

「紫陽花さんにとっての友達は、こういうときに聞き分けよくオゴられるような人なの？」

「それは」

踏み込みすぎてしまったわたしの問いに、紫陽花さんの瞳が揺れる。

「わたしにとっての友達は、支えたり支えられたり、頼ったり頼られたりしながら、ふたりで笑いながら歩いていける関係だよ。紫陽花さんは、違う……？」

口に出してみて、ようやくわかった。

わたしはお金を受け取ってもらえないことを悲しんでいるわけじゃない。

紫陽花さんに『ここから先は大丈夫だから』ってラインを引かれたのが寂しいんだ。

わたしにとっての友達は、弱さを見せ合う関係性だから。

「私は」

紫陽花さんはピンポン玉を手のひらに握ったまま、うつむく。

「楽しいことだけ、与えてあげたい」

「それは」

「悲しい思いも、苦しい思いも味わってほしくない。ぜんぶ引き受けてあげたいの。それが私にとっての、友達や……大切な人」

紫陽花さんの友達観は、わたしとはまったく違っていた。

いいとか悪いとか、そんなのわたしに言う資格はないけれど。楽しいことだけさせてあげたい。その代わり、つらいことはぜんぶ自分が引き受けるって、そんなの……。

「……それじゃ、紫陽花さんばっかり無理しちゃうじゃん……！」

「限度があるのは、ちゃんとわかってる。でも、つらい顔をしていたら不安を軽くしてあげたいし、できる限りのことはしてあげたいの。私は、私の周りの人が幸せなら、幸せなんだ」

紫陽花さんはそう言った。

周りの人の幸せが自分の幸せって、よく聞く話だけど、実際にそう言った人を初めて見た。

だったら、紫陽花さんが周りの人に優しくするのって。

「そうなの」

あからさまに顔に出てしまっていたんだろう。

紫陽花さんはこくりとうなずいて、寂しそうに笑う。

「結局、私がそうしたいから、してるだけ。ぜんぶ、私のためなんだよ」

「ぜんぶ……？」

こんなときにも紫陽花さんの声は耳心地よくて、濁りない水のように流れてゆく。

「……ごめんね、れなちゃん。私、人に優しくなんて、ぜんぜんないの。友達にいつでも楽しい気分でいてほしいって、私の都合を押しつけてるだけ」

紫陽花さんは、自分がいかに利己的だったかを語る。

それがまるで重い罪みたいに。

「ほんとにワガママ。いつも笑顔でニコニコしてたり、かわいくしようとしてるのだって、結局なにもかも自分のため。人にいいなって思ってもらいたいから。みんなが楽しそうにしてくれて、それが好きだからそうしてるの」

紫陽花さんは目を細めて、優しい笑顔で自嘲《じちょう》した。

「こんな浅ましいことを言って、ごめんね。幻滅、したよね」

ここに来る前、紗月さんが言っていた。『瀬名だって一皮剝けば、人間らしい醜さがきっと出てくる』と。覚悟してなさいよって紗月さんに脅《おど》された。

実際、それはほんとにそうだったのかもしれない。

だけど。

――わたしはそんな詭弁《きべん》に丸め込まれない。

ブンブンとラケットを振り回し、叫ぶ。

「なにを言っているんですか！　たとえ紫陽花さんが自分の愉悦《ゆえつ》のために人に優しくしていたとして！　優しくしていたことは事実！」

「れ、れなちゃん……？」

指を突きつける。

「人を形作るのは、言葉じゃなくて行動！　紫陽花さんがどんな思想でいようと、紫陽花さんの行動に救われた人はいるんです！　わたしとか！」

紫陽花さんが天使なのは、ふわふわしてかわいいから、だけじゃない。

いつだってみんなに気を遣ってくれて、みんな紫陽花さんに助けてもらっているから。

だから、紫陽花さんは天使なのだ。

「その程度のことじゃ、百年経《た》ったってわたしは手のひら返したりしませんよ！　紫陽花さんはわたしの好感度を稼《かせ》ぎすぎてますからね！」

「こ、好感度……？」

「周りの人の幸せが紫陽花さんの幸せなら、わたしは紫陽花さんと一緒にいられたらずっと幸せだから、ずっとずっと一緒にいてやりますから！　幸せの永久機関を作ってやる！　でもお金を払ってもらうとわたしが幸せじゃなくなるんでワリカンにしますね！　はい論破《ろんぱ》ー！」

「れなちゃん、私は真面目《まじめ》に」

「わたしだって大マジメですー！」

少しムッとしたような紫陽花さんに、わたしは言い放つ。

「紫陽花さんがそう思うみたいに、わたしだって、紫陽花さんの幸せが幸せだもん！　この家出旅行では、ぜったい紫陽花さんを幸せにしてみせるって決めましたし！」

「そ、そんなのおかしいよ。だって私に優しくしても、れなちゃんにメリットなんて……」

「メリットー!?　ありまくりですけど!?　紫陽花さんに優しくすればするほど、わたしは自分が人様の役に立てる立派な人間だって、自己肯定できるようになりますし！」

「それなら私じゃなくても……」

「紫陽花さん相手だからに決まってるでしょうが！」

わたしがピンポン玉を打ち込む。紫陽花さんはラケットを立てて受け止めようとする。ピンポン玉は弾《はじ》かれて、あらぬ方向に飛んでいった。

「紫陽花さんみたいな天使が、わたしの愛情を受け入れてくれるんだよ！　そんなの最高に決まってるじゃん！　紫陽花さんは生きてるだけでわたしにとって救いなんだよ！　推《お》しです！　明るくて、話すとすごく楽しくて、それもぜんぶわたしを幸せにしようと思ってやっててくれたなんて、なにそれ、ヤバ、あれもこれも……!?　もう恩しかないじゃんそんなの……！」

「い、いや……トクベツなときじゃなかったら、私もふつうにしてるだけだよ……？」

紫陽花さんの顔が赤らんでゆく。

「そっ、そっか、よかった……。もし紫陽花さんがわたしのためにしててくれたんだったら、ここのお金だけじゃなくて、紫陽花さんがこれから生きていくためのすべてのお金を紫陽花さんに貢《みつ》がないといけなくなるところだった……」

「ど、どんなレベル……」

「というわけで！」

紫陽花さんがドン引きしている間に（ただ心の声が垂れ流しになっていただけなんだけど）、わたしはまくしたてる。

「わたしは紫陽花さんの本音を聞いて、もっと紫陽花さんのことが好きになっちゃったんで、だめです！　紫陽花さんの思い通りにはなりません！」

「なんで!?」

ピンポン玉を拾ってきた紫陽花さんが、慌てる。

「おかしいよ！　だって私、自分がずるい人間だって、れなちゃんにバレちゃったのに」

「ずるい人間っていうのは、姉がモデルの友達だからって、それをさも自分の手柄《てがら》のように言いふらして、注目を集めて承認欲求を満たす中二女子みたいなやつを言うんですよ！」

「そ、そんな子いるの？」

すまん！　妹！

「だいたい、化《ば》けの皮で言ったら、紫陽花さんのそれなんてただのスクールメイク！　わたしはハリウッドの特殊メイクレベルですから！」

紫陽花さんがサーブしてくる。

「そんなことないよ。れなちゃんはとってもかわいくて、いい子だよ。れなちゃんが後ろの席にいるから。休み時間も居心地よくて、学校行くのも嬉しくなるんだよ」

危ない！　うっかり舌を噛《か》んで死ぬところだった！

ここでわたしが自分を卑下《ひげ》し始めるとまたややこしくなるから言わないけどさ！

「だったら、お金を出すとか寂しいことを言わないでください！　わたしは、わたしが紫陽花さんと一緒にいたいから一緒にいるの！　紫陽花さんが嫌な目に遭《あ》ったときはそばにいて、楽しいときは楽しみを分かち合って！　いいことだけとか、ムリなの！　悪いことだって、紫陽花さんと一緒に共有したいの！　紫陽花さんのことが大好きだからー！」

気合いとは裏腹。飛んできたピンポン玉に、わたしは盛大に空振りをした。

あれ、おかしいな、視界がにじんでる。

「れなちゃん……」

そこでわたしは初めて気づいた。

自分が泣いていたことに。

ハッ……い、いつから……？

違うの、紫陽花さん。これは悲しいとかじゃなくて、ただ感情が高ぶったから流れてしまった涙で……。そう、意図のない涙なの！　女の武器を利用したかったわけでは！

ラケットを持ったままの紫陽花さんが、わたしのそばにやってくる。

泣くわたしを、抱きしめてくれた。

「ごめんね、れなちゃん」

「あう……」

「れなちゃんのことわかってあげられなくて、ごめんね」

「い、いえ……」

浴衣の薄い生地越しに、紫陽花さんの柔らかな体に包まれる。

むぎゅう……す、すみません……。でも、役得ではある……！

「悲しい思いをさせちゃって、ごめんね。私、自分勝手だったよね。れなちゃんをそんな気持ちにさせたいわけじゃなかったの、ごめんね」

紫陽花さんが洟《はな》をすする。

えっ……!?

「れなちゃんの気持ち、嬉しかった。本当に、ありがとうね……」

や、やば……。これ、このままだとわたしまで泣く。

いや、もう泣いているんだけど！　ふつうに泣く！

「あ、紫陽花さん……」

わたしの声は完全に震えていた。

ああ、もうだめだ。

頭ぐっちゃぐちゃ。

地元を遠く離れて、浴衣の女の子がふたり。誰もいない卓球場でしばらく抱き合いながら、わたしたちはぐすんぐすんと泣いてしまった。

でも……わたしを抱きしめてくれた紫陽花さんの温《ぬく》もりのおかげかな。わたしは今までで、いちばん紫陽花さんを身近に感じられたのだった。


結局。

わたしは口下手《くちべた》で、自分の感情も制御できずに泣いちゃって、紫陽花さんをいっぱい困らせてしまった。所詮《しょせん》、三ヶ月程度の陽キャ体験では、わたしなんてまだまだレベル不足だ。

紫陽花さんがわたしの言葉を優しく汲《く》み取ってくれたから、なんとかこじれずに済んだだけで……。せめて泣く必要はなかったじゃないか。感情を捨ててロボットになりたい。そうだ、銀河鉄道に乗ろう。

卓球場のベンチに隣同士に座って、紫陽花さんはしばらく、わたしが落ち着くまで手を握っててくれた。

「なんか……前にわたしが、ぶっ倒れちゃったときみたいですね……」

「デパートいったときだね。あのときは、すごくびっくりしちゃったな」

「うう、すみません……恐縮です……」

紫陽花さんは自分に幻滅したんじゃないかって言ってたけど、むしろわたしのボロが出て、紫陽花さんに見放される未来のほうが現実に近いのではないか……？

「ううん」

紫陽花さんがゆっくりと首を横に振る。

「れなちゃんに、どんな欠点があって、迷惑をかけられてもね。それでれなちゃんが、普段から私に優しくしてくれたり、想ってくれていることが、なくなっちゃうわけじゃないんだよ」

「それって……」

わたしが紫陽花さんに言いたかったことだ。

紫陽花さんは繋いだ手を、自分の頬に当てた。

温かい。

「ありがとうね。れなちゃんは、本当に……いつも、考えの凝《こ》り固まった私に、大事なことを気づかせてくれるね」

「そう、かな……？」

実力がないから、あらゆる手を使うしかない、みたいな……。

紫陽花さんは微笑んで目を閉じる。

「うちのチビたちもね。そうだなって気づいたんだ。言うこと聞かなくて、困ったことばっかりするけど、離れてみるとやっぱり、大事だなって思っちゃう」

ふふっと紫陽花さんは笑った。

「ごめんね、泣いてるれなちゃんを見て、チビのことを思い出しちゃうなんて、失礼だよね」

「そ、そんなことないよ」

だって、泣いちゃったわたしが悪いんだし。

「それに……別に失礼なこと言われても、ぜんぜんいいよ。わたし、紫陽花さんのこともっと知りたいし、紫陽花さんのいろんなところ、見てみたいから」

「……そっかあ」

紫陽花さんは頰に当てていた手を下ろして、わたしの手をぎゅっぎゅと握る。

「ねえ、明日お祭りがあるんだって」

「え？」

「この街でめいっぱい楽しんだら私、おうちに帰ることにするね。あんまり長く宿泊しちゃうと、れなちゃんにたくさんお金使わせちゃうし」

その言葉に、わたしの目の奥にまたじんわりと涙が浮かぶ。

「ああっ、違うの。れなちゃんのせいとかじゃなくて……れなちゃんのおかげ、だよ。私の言葉を受け止めてくれたから……なんだか、すっきりしちゃった」

紫陽花さんはにこにこと目を細めた。

それはいつも学校で見る、幸せな一日の始まりを告げる鐘《かね》みたいな、笑顔だった。

「そっか……よかった」

わたしもまた、ふにゃっとした笑みを浮かべる。

ほんとによかった。

紫陽花さんが、うちに帰るきっかけになれたなら、醜態《しゅうたい》を晒《さら》したかいはあった。いやいや、そうやって自分を正当化するのはやめろ……。

わたしはいつになったらスマートに物事を解決できるようになるんだ。早く進化してくれ、れな子。今の時代はオンライン通信があるから交換でしか進化できないやつもひとりで進化させられるんだからさ。

紫陽花さんは繋いでいた手を離して、胸の前で組み合わせる。視線を逸らしながら、唇をもにょもにょと動かす。

「そ、それにしても、れなちゃんってば、またあんなに私のこと褒めてくれて……」

「はい？」

その頬が桃色に染まってゆく。

わたしはなにを言われるんだろうと、横顔を見つめていると。

「……れなちゃんって、ほんとに私のこと、大好きだよね!……」

「え!?」

顔から火が出るかと思った。紫陽花さんもまた、横を向いて隠そうとはしているけど、耳まで真っ赤だ。

「そそそそりゃ大好きですけど！」

「ふ、ふーん、そうなんだぁ……」

なに、なにこの、羞恥《しゅうち》プレイ！

っていうか、からかってくる紫陽花さんだってめちゃくちゃ恥ずかしそうじゃん！

確かにどんな紫陽花さんでも私は受け入れるけど……え、もしかしてこれ、私が紫陽花さんをバージョン２・０に進化させてしまったのか？　いやそんなまさか……。

「あ、あっ、そうだ！　ねえねえ、れなちゃん見て見て」

紫陽花さんが明るい声を出して、そそくさと話を変える。

「な、なんですか？」

指差す先はスコアボード。

表示は10—7とあった。

「あ」

途中経過はぜんぜん覚えていなかったけど……勝敗が決まっていた！

わたしは震えた。

「お、お金は！　お金は出させてほしいんですけど！」

「ええー？」

紫陽花さんは楽しそうに笑う。

「どうしよっかなー？」

堕天使だ！　人の運命を指先で弄《もてあそ》ぶ妄想の中の紫陽花さんが現出した！

「お、お願いします……。そうじゃないと、わたしは胸を張って紫陽花さんに『友達だ』って言えないんです……」

「えー？　でも私勝っちゃったもんねー？」

「そ、そこをなんとか……他のことなら、なんでもしますから……」

そう言った途端だ。紫陽花さんは我が意を得たりとばかりに、ニコッと笑った。

え…………？


「なんでもしてくれるんだー？　だったらねー」

あ、あああああああ……。

声を弾ませた紫陽花さんは、わたしにとんでもない無理難題を要求してきたのだった。

そんな恐ろしいことを!?


「む、ムリぃ……」

わたしは脱衣所で立ち尽くしていた。

おいしいお夕食をいただいて、さらに紫陽花さんが自宅に電話して明後日《あさって》帰ることを伝えて
――弟さんたちにはまたあとでお話しをするらしいけれど――すべては丸く収まった。

あとは紫陽花さんと楽しい旅行を楽しく楽しむだけ――。

だったはずが！

わたしの目の前には、ゆっくりと旅館浴衣をはだけてゆく紫陽花さんがいた。

視線に気づいた紫陽花さんは、ほんのり頬を染めながら、批難するようにこちらを見やる。

「だーめ。勝負は勝負、でしょ？」

「それはそうですが！」

「折半《せっぱん》は認めたんだから、これぐらいはいいでしょ？　……それとも、れなちゃんは私と一緒に温泉入るの、いや？」

「くうう……」

勝敗と感情と、その両面から挟み撃ちにされて、わたしの砦《とりで》は攻め滅ぼされた。

ここは旅館に頼めば予約できる、貸し切り温泉だ。大浴場より手狭だけど、一般家庭のお風呂よりずっと大きい。贅沢な空間だ。

なにげにいい旅館だったんだな、ここ……。さすが神に愛された紫陽花さん。引きが強い。

「わかりました……。お供させていただきます……」

「ふふっ、わぁい」

紫陽花さんがこっちに背を向けて、さらりと浴衣を脱いだ。その下には、上下セットの白の下着。レースで飾られていて、紫陽花さんは見えないところもおしゃれだった。

お風呂に入るので、当然わたしたちは裸にならなければならない。紫陽花さんはブラのホックをぱちりと外す。支えを失った胸が柔らかに揺れる。大きい……！

両腕で胸を抱いて、こぶりなお尻をこちらに向けたままの紫陽花さんが、苦笑いした。

「や、やっぱりちょっと、恥ずかしいね。なんでだろ、ふたりっきりだから、かな」

「う、うん。恥ずかしいよね。大浴場いこっか！」

「それはだめですー」

紫陽花さんはまるでムキになったように、最後の一枚を脱ぎ去った。

ひい。慌てて背を向ける。

胸を隠すようにタオルを当てて、ヴィーナスの誕生みたいになった紫陽花さんが、生まれたままの姿で歩いていく。浴場へのドアが開く音がした。

「わ、露天風呂。ほら、れなちゃんもおいでよ。きもちいいよ」

「ふぁい……」

もうどうしようもなく恥ずかしい。

紫陽花さんの裸を見ることすら恥ずかしいのに、見るってことは見られるってことでもあるわけで！

「夏休みの間、せめてダイエットしておくんだった……！」

ナマケモノの着替えみたいなスピードで浴衣を脱ぐ。

ええい、わたしは真唯や紗月さんとも一緒にお風呂に入ったんだ！　紫陽花さんとだって、きっと緊張せずに……はムリだけど！　なんとかなるはず！

下着を籠《かご》に入れて、わたしも浴場へと出た。

辺りはもうすっかり夜中。タイルの敷き詰められた中央に、大人が三人ぐらい足を伸ばして入れそうな木造りの浴槽が置いてある。

紫陽花さんはその手前に立って、夜空を見上げていた。

「ほら、いいきもち」

一面、闇色に染まった世界で、裸の紫陽花さんが星の輝きを浴びている。

細くしなやかな茎ひとつで花弁を支える大輪のように、華奢な裸体はどこか危うげだった。

夜風に揺れる髪を押さえて、紫陽花さんが微笑む。

「ね、おいでよ、れなちゃん」

服を脱ぎ去った紫陽花さんの美貌は、旅人を誘《いざな》う泉の精みたいに妖艶《ようえん》で、幻想世界に引きずり込まれてしまいそうだ。

真唯や紗月さんともぜんぜん違う。慣れるわけがなかった！

高校一年生の儚げな身体は女性として未成熟なはずなのに、それこそが完成しきった姿であるかのような紫陽花さんの色香《いろか》に、わたしは息ができなくなる。

とてもこれ以上紫陽花さんのほうを見れず、わたしは背を縮こまらせながら備えつけの小さな洗い場に向かった。

隣に紫陽花さんも腰かける。

「あ、そうだよね。温泉入るときには、先に洗ってからだよね」

「う、うん」

可動域の少ないフィギュアみたいなぎくしゃくとした動きで、わたしはレバーをひねってシヤワーヘッドからお湯を出す。ボディソープを手に取って、体に塗りつける。

「れなちゃん、緊張してる？」

「ええ、まあ……」

「……紗月ちゃんとは、一緒にお風呂に入ったのにー」

「ぶっ」

誕生会の日に問い詰められて、わたしが紗月さんと一緒にお風呂に入ったことは周知の事実になってしまっていた。

てか、ここでそれを持ち出しますか、紫陽花さん！

「さ、紗月さんとのときだって、緊張してましたし！」

「……今より？」

「お、同じぐらいかな……!?」

顔を背《そむ》けていないと目に入る紫陽花さんの白い体が、一瞬、紗月さんのそれに重なってしまう。薄明かりに照らされた紗月さんの裸体は、本当に綺麗だった……。

「えい」

「ひゃっ!?」

紫陽花さんに二の腕をつつかれた。わたしは思わず飛び上がる。

「なにするんですか紫陽花さん!?」

「……なんとなくー？」

平坦な声色が露天風呂に反響し、じゃっかんの湿り気を帯びる。

わたしは微妙に漂い始めた気まずさを吹き飛ばすように、明るい声をあげる。

「そういえば！　紗月さんちのお風呂に入ったとき、わたしすっごい失態を見せちゃって！

お風呂の中で転んじゃったんですよねー！　そしたら手でこう、思いっきり紗月さんの胸を」

理性が産声《うぶごえ》をあげた。

——オマエ、なにを言おうとしているの？　と。

そそくさと椅子に座り直し、紫陽花さんに背を向ける。

「そういえば晩ご飯すごくおいしかったですよね。海の幸《さち》がいっぱい出てきて」

「紗月ちゃんの胸を？」

「まあわたしはマグロしかわかんなかったんですけどね。白身魚ってだいたい似たような見た目してますよね」

「胸をどうしたの？　ねえ、れなちゃん？　ねえねえ」

紫陽花さんは逃してくれなかった。背中を指でつんつんと撫でられる。ひゃうう……。

「紗月さんの胸を……思いっきり鷲摑《わしづか》みにしてしまって……」

「ええええー……？」

わたしはなぜこんなことを、暴露しているんだろうか。死にたみが増す。

「そ、それで、どうなったの？」

「どうもこうも……。謝って、そのままお風呂を出ました……」

五指でにぎにぎと虚空《こくう》を掴む。

子供の頃、車に轢《ひ》かれかけたときと同じような臨死体験だったな……。おかげで、紗月さんのおっぱいの感触も覚えていない。いや覚えていなくていいんだけど。

「それは、恥ずかしいね……。なんかごめんね、思い出させちゃって」

紫陽花さんに憐《あわ》れまれている……。

「いや、いいんですよ……。ちなみに恥っていう漢字は、一説によると、人は耳に気持ちが表れちゃうから『恥』って書くらしいですよ。わたしの耳も今、真っ赤になってますかね……ははは……」

「え、えと……」

紫陽花さんが恥ずかしそうに言ってきた。

「れなちゃん、私の胸も……触る？」

「なんで!?」

紫陽花さんの耳も赤くなっていた。

「へ、ヘンな意味じゃないんだけど！」

ヘンな意味以外で『おっぱい触る？』って聞かれることある？？？

「その、思い出を上書き、みたいな……！　紗月ちゃんのときの恥ずかしい記憶を塗り替えられたらいいかなって。ほ、ほら、私の胸って大きいから、試しに触るー？　みたいな！」

「あ、ああ、そういうノリの！」

「そ、そうそう！　そういうの！」

「じゃ、じゃあお言葉に甘えよっかな！」

「ど、どうぞ！」

わたしが紫陽花さんに向き直ると、胸が突き出された。

えっ、いや……まじ？

ぎゅっと目をつむった紫陽花さんが両腕で胸を挟むようにして、わたしに豊かな膨《ふく》らみを強調してきてる。真っ白なふわふわのお胸。まるで夢みたいな光景に、わたしの心は怖気《おじけ》づく。

こ、これに触るの……？　わたしが……？

普段、制服の下に隠された柔肌《やわはだ》に、このわたしごときが指紋をつけるだなんて、いいの？　ほんとにいいの？　巨匠の描いた名画をカッターで傷つけるような所業じゃないの？

かといって、わたしが触らず『やっぱ大丈夫なんで！』と逃げたら、せっかく勇気を出してくれた紫陽花さんのご厚意を無に帰《き》すことになる。

これ、詰んでません？

……よし、触ろう。

だいたい、おっぱいがなんだ。わたしにだってあるんだ。今わたしがビビってるのは、紫陽花さんの身体に触れるというその一点だけ。頰をつまむとか、肩を叩くとか、そういうのと同じだよ。深刻に考えすぎる必要はないいんだ。

「では、いきます！」

「は、はい！」

どちらかというと自分を鼓舞《こぶ》するために声をあげて、わたしはゆっくりと指を伸ばす。

人差し指の先が、紫陽花さんのおっぱいに、ふにょん……と沈み込んでゆく。

う、うわ……。じ、自分のを触るのとは、確かにぜんぜん違う……。こんなにも、マシュマロみたいに柔らかい……。

しかもただのおっぱいじゃない。『紫陽花さんの』おっぱいだ。人類共通の髪の毛であっても、マリリンモンローの頭髪には88万円の値段がつくように、紫陽花さんのおっぱいは、ただそれだけで無限の価値をもっていた。

今まで紫陽花さんと出会ってきた人。あるいはこれから紫陽花さんと出会う人が、どんなに望んでもできないだろうことをわたしが棚ボタでしているんだと考えると……。なんか、とんでもないことをしでかしているような気分になってくる……。

「あ、あの、れなちゃん……」

「ハッ」

気づけば無我夢中で、ふにふにしていた。

「ちょ、ちょっとくすぐったいかな、って……い、嫌じゃないんだけど、その、ぜんぜん」

「す、すみません！」

じゃあこれで最後に！　と指を伸ばす。あまりにも慌てふためいてしまって、目測を誤ったわたしの手は、紫陽花さんのおっぱいの先端をきゅっと摘《つ》まんでしまった。

あっ。

「うにゅ……っ」

紫陽花さんが口元を押さえた。

目が合う。その顔は、真っ赤になっている。

「あ、あは、あははは……へ、ヘンな声、出ちゃったあ……」

「は、ははははは………」

もうなにも言えず、わたしはただバカみたいに笑うしかなかった。

紫陽花さんの身体を張ったお気遣いにもかかわらず、紗月さんの胸を触った記憶は決して上書きされず……わたしは紫陽花さんのおっぱいの感触を、別フォルダに名前をつけて保存した……。きっと、永遠に消すことはないだろう……。

わたしたちは没頭するみたいに無我夢中で体と髪を洗って、それから並んで温泉に浸《つ》かる。

隣を見ると、また紫陽花さんのお胸が視界に入ってしまいそうなので、頑《かたく》なに正面を向いたまま、だ。

「ふぅ……お湯加減、いいねえ……」

「そ、そうですねえ……」

髪をアップにした紫陽花さんが、熱いため息をつく。

最初は、気まずすぎるから入って2秒ぐらいで出ようと思っていたんだけど、温泉っていうのは不思議だ。重度の緊張も、肩こりみたいに少しずつほぐれていった。

温泉の薬効は、コミュ障にも効くらしい。

今はもう、耐えられるぐらいの緊張になっていて……わたしは、もうちょっとここで星の瞬《またた》く夜空を見上げていようと思った。

そういえば、朝から歩き詰めだった。

心地よい疲労感が体からお湯に溶けてゆく。

「ふう……」

しっかし、濃密な一日だったなあ……。

朝早くに東京を離れて、地方にやってきて、旅館に泊まって、紫陽花さんと卓球して、一緒に温泉入っておっぱい触る、という……。

当たり前だけど、紫陽花さんと一日中一緒にいるのもこれが初めてで、前よりちょっとだけ、いや、かなり関係性が深まったような気がする。

紫陽花さんは自分のことをワガママだとか、ずるいだとか言っていたけど、わたしの印象はぜんぜん変わらない。一生懸命で、健気《けなげ》で、優しくて、とってもかわいらしい天使だ。むしろ天使的な魅力が増した気さえする。

いろいろ疲れたけど……紫陽花さんについてきてよかった。今はほんと、そう思っている。

「ねえ、れなちゃん」

「うん」

「さっきの友達についてのお話ね、面白かったよ」

「そ、そうですか」

「私も、あんまり人とああいう深い話をしたことなかったから」

「へー……」

紫陽花さんでもそうなんだ。

「うん。……やっぱり、私の友達への気持ちってヘンかなあ。重い、よね？」

「そ、そんなことないと思いますよ。さっきも言いましたけど、わたしはそれで助かっている身なので……。紫陽花さんが友情を大切にしてくれる人でよかったです……。っていうか、重いかどうかで言うと、たぶんわたしも重いほうなので……」

「れなちゃんは、うん、なんだか」

紫陽花さんは言葉を選びながら、告げてきた。

「友達っていうより……恋人、みたいだよね」

「う」

真唯にも言われたことだ。

なんだってふたりで分け合って、支え合う関係。それを恋人と呼ぶのだと。

感性のバグってる真唯に言われたところでなんとも思わなかったけど、紫陽花さんにまで指摘されると、わたしのほうがズレているような気がしてくる。

「だったら逆に、れなちゃんにとっての恋人って、どういう人？」

「え？　わたし？」

「うん。友達と恋人の違い……みたいなの、聞いてみたいなって」

お湯でばしゃりと顔を洗う。

友情と恋の違い、か。

真唯に迫られてから、さんざん考えてきたことだ。今でも答えは出ないまま。それでも、ちょっとずつ毎日考えている。

「わたしの意見なんだけど」

「ふふっ、れなちゃんとお話ししているんだよ？」

「そ、そうでしたね……。あのね、最近ね。友情と恋心って、実はそんなに違わないのかも、って思ってきたんだ」

「そんなに、違わない？」

「うん。大事なのは、自分が相手との関係になにを求めているか、ってことかな、って」

自分の心と対話するように、言葉を口に出す。

「わたしは友達と、なんでも話せる関係になりたい。けど、さっき紫陽花さんも言ってた通り……そういうのを恋人って呼ぶ人も、いるでしょ？」

わたしは間《ま》を取るみたいに笑う。

「不思議だよね。お互い同じことを言っているつもりなのに、ぜんぜん違う言葉になっちゃうなんて。だから、その」

頬をかく。

「案外、友情も恋心も、そういうところあるんじゃないかな、って。こう、円をふたつ並べたときに、重なってる部分がある……的な」

紫陽花さんの反応を窺《うかが》いながら、慌てて付け加える。

「あっ、あのね。昔の恋愛ゲームでね、恋人になるには『親しさ』と『憧れ《あこが》』のパラメーターを両方とも伸ばさないといけないやつがあってさ。わたしは真唯グループのみんな、すっごく憧れてるし、親しくなりたいって思っているし……だから、その……」

早口でまくしたてた後で、ごまかすみたいに笑う。

恋人はひとりしか作れないけど、友達はたくさん作れるとか。そういう細かい部分での違いはたくさんあるけど。

「お互いが友達だと思えば友達で、お互いを恋人だと呼べば恋人になって……実はハッキリとした違いなんてない、あやふやなものなんじゃないかなって……友情と、恋心は」

境界の曖昧《あいまい》な関係の場合、常識とか誰かの意見に従うとかじゃなくて、その名前をお互いで納得できるよう決めていけばいいと思う。

わたしが真唯と『れまフレ』になったみたいに。

……と、わたしのトクベツな存在である、真唯の顔を思い浮かべる。

思い浮かべた真唯は、紫陽花さんとお風呂に入っているわたしに対して、不穏な笑顔を見せてきていた。こわい。

くそう、れまフレ……。なぜそうやって罪悪感を刺激してくるんだ……。わたしたちは友達のはずなのに、なぜ……れまフレの呪い……！

お湯に沈んだわたしの手に、紫陽花さんが手のひらをそっと乗せてきた。

「それって、私も？」

「えっ？」

あ、ああ、憧れと親しみの話か。

「う、うん、そりゃあ。紫陽花さんなんてもう、憧れの人ランキング一位だよ、一位！　決まってますね！」

「そっかぁ」

柔らかな手のひらが、わたしの手の甲を撫でる。

こそばゆい。そしてなぜか妙に恥ずかしい……。

「わ、わたしはあくまでもそう考えているっていうだけで……紫陽花さんはどう思う？　恋人と友達の違いって」

話を振ると、紫陽花さんはしばらく考えているみたいで。

「私は……まだ、よくわかんない、かも」

「そ、そっか」

「れなちゃんはすごいね。いろいろ、自分の頭でしっかりと考えてて。尊敬しちゃうなあ」

「あ、憧れちゃいますか？　なんて」

ちょっと調子に乗って聞いてみると、紫陽花さんはふんわりと微笑んだ。

「うんっ」

ぐっ……。ドッジボールをぶつけられたようにガツンとした衝撃が鼻から後ろに抜ける。

やっぱりだめだ。紫陽花さんがわたしをからかうのはいいけど、わたしが紫陽花さんをからかうのは、百億万年早かった！

お風呂からあがったわたしたちは時間をかけて髪を乾かし、部屋に戻る。すると、中央にお布団が敷かれていた。ふたつ並んだお布団だ。

お風呂ノルマを消化したと思ったらこんなことに……。

当たり前も甚《はなは》だしいのだけど、わたしは今夜、紫陽花さんとふたりで同じ部屋に寝るんだな……。女同士だって緊張するわ、こんなの……。ごくり……。

紫陽花さんがスマホをいじっている間、わたしも緊張をごまかすみたいにスマホを眺めて、きょう一日の話題をなぞる。

あ、妹からメッセージが届いてる。

『お姉ちゃん、いつ帰ってくるの?』

これは家族だからわかることだけど、心配してのメッセージでは断じてない。

妹が日常生活で、わたしを気に掛けるタイミングは基本的に存在していないので、大方、お母さんに聞けって言われたとかだろう。

『明後日、帰る予定』

家出する際、わたしは妹に、ちょっと紫陽花さんと旅行にいってくるから心配しないで、と言い残しておいた。

実際、妹含めて家族全員誰も心配してこなかったので、妹がうまいこと言ってくれたのか、あるいはわたしのことを誰も気にしていないのか。後者でも別にいいけどさ！

『了解。ちなみにどこに泊まってるの？』

なのでこのメッセージもどうせ、晩ご飯作るときに困るからとか、お土産《みやげ》買ってきてもらうためにとか、そういう理由だろう……。いいけどね、別に……！

『ここ』

わたしは住所を送る。それ以降、返事はなかった。妹は役目を終えたようだ。

「ね」

うわびっくり。近くからバイノーラルで紫陽花さんの声がした。

「は、はい」

紫陽花さんはパジャマに着替えていた。丈の長いワンピースのようなパジャマだ。シャツにジャージのわたしとは、寝巻のおしゃれ度すら段違いである。

「そろそろ、寝よっか？」

ふわりと漂う優しい香り。わたしと同じシャンプーコンディショナーを使ったはずなのに、なんでこんなにいい匂《にお》いがするんだろう……。

「あ、うん。そうだね……」

時計を見ると、そこそこいい時間だった。

スマホを充電して、トイレを済ませた後で、わたしはお布団に潜《もぐ》る。

「消灯するねー」

「はーい」

紫陽花さんが電気を消して、隣のお布団に入った。

「おやすみ、れなちゃん」

「お、おやすみなさい」

うーん……眠れるかな……。

きょうめちゃくちゃ早起きだったから、体は疲れてるはずなんだけど。

思えば、誰かとふたりっきりでこんな風に寝ることなんて……。いや、ないことないわ。直近で紗月さんと二回やってるわ。

といっても、一回目も二回目もなし崩しで、緊張する暇なんてなかった。

障子《しょうじ》を閉めても、外からかすかな月明かりがにじんで、部屋の中は真っ暗というわけじゃなかった。隣で眠っている紫陽花さんの、天使みたいにきれいな横顔が、わずかに窺える。

ぱちりと目を開いて、こっちを見つめていた。

えっ!?（ドキッ）

「ね、れなちゃん」

「う、うん」

「誰か好きな人、いる？」

「えっ!?」

　紫陽花はくすっと笑った。

「修学旅行っぽいこと、言ってみたの」

「ああ、うん、ぽかったぽかった」

「で、誰？」

「えっ!?」

　質問じゃなくて、追及だった？

「い、いません」

「えー、ほんとに？」

「うん……たぶん」

　もぞもぞと素足を動かす。洗い立てのシーツの生地はサラサラしすぎてて、なんだか落ち着かなかった。

　紫陽花さんを楽しませるぞ、退屈させないぞー、っていう意気込みは、どうやら先におやすみしてしまったようだ。あとに残ったのは、素《す》のわたし。

　それは、ただ思ったことを口に出すだけの、なんの面白みもないわたしだ。

「わたし、人に恋愛感情を抱いたことないかも……」

「そうなの？　誰も？」

「ない、んじゃないかなあ」

ぬいぐるみみたいな小さな真唯が『やあ』と手をあげる。わたしはデフォルメ真唯を段ボール箱の中に閉じ込めて、厳重にガムテープで封をした。わたしとあんたは友達なので。

ええと他には……。

中学校、小学校、幼稚園、と記憶をさかのぼってゆく。

まず中学時代は、ほとんど男の子と喋ったことはなかった。特定の女子グループとだけつるんでて、だからハブられたときにリカバリーが利《き》かなくて困っちゃった。

「小学校とかも……うちの学校、男子は男子、女子は女子って感じだったから」

「気になる男の子とかは？」

「うーん、いなかったかな……。あ、いや」

「なになに？」

「いた……。でも、恋とは違うと思う……」

「どんな人？」

紫陽花さんの好奇の瞳は、暗闇の中でも、洞窟に光る水晶みたいにキラキラしてた。

わたしは躊躇《ちゅうちょ》しつつも、観念して告げた。

「普段はへらへらしてて、軽いことばっかり言っているけど、いざとなったら頼りになって、誰よりも仲間想いの人。意外とリーダーシップがあって……」

「うんうん」

「覚醒するとめちゃくちゃ強くて、いっつもおいしいところばっかりもっていって……でも、強敵相手にボロボロになってもね、余裕げな笑みを崩そうとしないんだ」

「れなちゃん」

「はい」

「それは創作のキャラクターですか」

アキネイターのような紫陽花さんの問いに、ハイと答える。わたしが当時、熱狂的にハマっていたマンガのキャラクターだった。

「そっか、あれがわたしの初恋だったのか……」

「ん～～……」

紫陽花さんは『そういうんじゃないんだけどなあ！』とでも言いたげにうめく。

でも、ほんとに他にはいないから……。

段ボール箱を突き破った真唯が『呼んだかい？』と顔を覗かせるから、わたしはそれを窓から捨てた。

真唯のことは好きだよ、もちろん。友達としてね。たまにドキドキするけど、それは別に紗月さんにも紫陽花さんにもするからね。心拍数があがるだけじゃ別に恋ではないよね。だってマラソンとかお化け屋敷に恋するわけじゃないし。当たり前だよね。

「ええと……そういう紫陽花さんは？　好きな人は？」

「私かぁ……」

紫陽花さんはごろごろと寝返りを打った。

わたしに背を向けて、しばらく「うーん」とうなった後。

「ないしょ」

「え、いるんだ!?」

「わかんない。気になってる人……かな」

「へー……」

芦ケ谷の天使、紫陽花さんが気になってる人か……。このスクープはかなりの値がつきそうだな……いや、誰かに話したりしないけど……。

「え、ていうか、うちの学校？」

「まあ、そう」

「ええー。誰、誰々、誰」

わたしは興味本位で問いただす。

どんなかっこいい人なんだろう。うちのクラス、男子も顔いいやつら多いしな……。清水《しみず》くんとか藤村《ふじむら》くんとかは、紫陽花さんとも仲良さそうだし。

「あ、前言ってたよね、好きな人の話」

「……そお？」

「うん、紫陽花さんの言葉だもん、わたし覚えてるよ。安心する人がいいんだったよね」

「ん、んー……」

さすがに紫陽花さんは恥ずかしいのか、しばらく答えてこなかった。

月が雲に隠れて、闇の濃さが増してくる。

まあ、わたしも紫陽花さんから無理に聞き出したいわけじゃないし……と、引き際《ぎわ》を見計らっていたところで。

「いっこ、思いついたかも」

おもむろに、紫陽花さんがそんなことを言ってきた。

どこまでも透き通っていて、頭をぎゅっと抱きしめられるような声だった。

「なにが？」

「友情と恋心の違い」

「ああ、うん」

温泉のときの話だ。温泉の……うっ。

まぶたの裏に、紫陽花さんの真っ白い肌や、浴衣の下に隠されていた腰のライン、胸の——

手のひらで触った胸の生々しい感触を思い浮かべてしまって、顔が熱くなってきた。

だめだめ、眠れなくなっちゃう。

しかし、紫陽花さんが投げてきた爆弾発言も、それに負けず劣らずのものだった。

友情と恋心の違い、それは——。

「……えっちな気分になっちゃうかどうか、とか」

へー。

なるほど、そういう考えも——。

…………。

「——えっ、ええっ!?」

あまりにもいつもと変わらない口調で言われたから、危うくスルーするところだった。

反対側を向いているらしい紫陽花さんの表情は、ここからじゃわからない。

「び、びっくりした。紫陽花さんも、そういうこと言うんだ」

「私、ふつうにえっちな話にも交ざるよ。よく意外って言われちゃうけど、別にきらいじゃないかな」

「そうなんだ……。す、すみません、なんかオーバーリアクションで」

真唯グループはあんまり下ネタを言わないけど、他のクラスメイトはよく盛り上がってたりする。グループ出張も多い紫陽花さんは、そういうこともあるのかもしれない……。

「なんでれなちゃんが謝るの」

紫陽花さんのふふっという笑い声。

「……それとも、こんな話をする私はやだ？　れなちゃんの大好きな、天使、じゃないかな」

「え、いや、それは……」

とっさに答えることができなくて、口ごもる。

確かにわたしのイメージとは違うけど……。

「……でもね、これが私なの。これも私、だから」

「う、うん」

刺激の強い話題に押されっぱなしで、わたしは相槌を打つのがやっとだ。だけど紫陽花さんは、ぐいぐい攻めてくる。

「れなちゃんは友達相手に、そういう気分になったりすること、ある？」

うえっ!?

「わ、わたしですか!?　どうでしょうね！　難しいところですが！」

えっちな気分になることは……正直、まああありますけど！

口に出したわけでもないのに、紫陽花さんが含み笑いをこぼす。

「あー、なっちゃうんだー。……れなちゃんのえっち」

「ち、ちち、ちち違うってば！」

紗月さんにもさんざんいじられたけど、紫陽花さんに言われるのは羞恥のレベルが段違いだ！　わたしはいやらしい女じゃないんですよお！

うう、紫陽花さんの背中に小悪魔の羽が見えそう……。

「あんまり刺激の強い話をしちゃうと、れなちゃんドキドキして眠れなくなっちゃうね」

「そうですね……。でも、違いますからね。わたしは友達をそんな目で見たりは……」

「はぁい」

耳にまとわりつくような返事をしてきた紫陽花さんは、もぞもぞと寝返りを打って。

ようやく暗闇に慣れてきたわたしの目にわかるような、流し目を送ってきた。

「……そういう気分になっても、襲ってきちゃ、メッだからね」

「え!?」

唇に人差し指を当てて、紫陽花さんは目を細める。

「家出旅行中の女の子の、心の隙に付け込んじゃうワルい狼さんには……ならないで、ね？」

「――」

その視線に、丸ごと理性を砕かれてしまいそうになる前に。

「お、おやすみなさい！」

わたしは布団をかぶって、叫んだ。

朝日が差し込むまでに、どうにか自分が意識を失ってくれることを願うばかりである。

紫陽花さんこそ、こんなウブなわたしをからかってさー……！

ワルい女の子じゃんー！

れな子と初めて言葉を交わしたのは、入学式の翌日。駅で雨宿りしていた自分に彼女は、折りたたみ傘を貸してくれた。

明るくて積極的なかわいい子だなあ、って思った。

きっと中学でも友達が多くて、知り合いがいない高校に進学してきたから、いっぱい友達を作ろうって意気込んでいるのだろう。

紫陽花《あじさい》は、その目論見《もくろみ》にまんまとハマり、席替え後の席順が前後ろになった偶然も味方して、れな子と友達になった。

仲はいい方だと思う。

話し相手は多いけど、高校生で家にまで遊びに行ったのは、れな子が初めてだった。

——特別な友達だって、思ってもらえているのかな？

まるで小学生の女の子が『ずっと親友だからね』って誓い合うような秘密の関係っぽくて、いまだに日曜日の魔法少女モノを追いかけている自分としては、胸がときめいたものだ。

そこに、あの告白だ。

『――紫陽花さんは、わたしの天使だから！　これからもずっと、大好きだから！』

あれから時間が経《た》った今なら、ちゃんとわかる。れな子には一切の他意がなくて、自分をドキドキさせるために言ったわけでもなく。ただ単純に、誤解されたくなくてすべての本心をさらけ出しただけなのだと。

それでもしばらくは、れな子の顔を見るだけであのときの言葉が蘇《よみがえ》り、顔が赤くなったり、平静じゃいられなくなったりしたものだ。

（……変わってる子）

布団に横になったまま、紫陽花はれな子の横顔を見つめる。

寝付けなくて、諦《あきら》めたように身を起こす。

トイレに行ってから布団に戻らず、窓際《まどぎわ》の椅子に腰をかけた。

（家出旅行についてきてくれたり、泣いてまでワリカンにこだわったり……）

自分が普段は見せないほどの強硬な態度で、れな子の旅行代を払うと言ったのは、そうすれば彼女がたやすく譲ってくれるだろうと思ったからだ。

れな子は優しいし、学校では進んで前には出てこない気の弱さもあるので、多少強引にでも言い分を納得させるつもりだった。自分はずるいから、そう目論んだのだ。

それなのに、れな子は紫陽花の予想を軽々と超えてきた。

あんな無茶を通して、関係性が悪化して険悪になってしまうことが怖くないのだろうか。

どんなに仲が良い友人同士であっても、些細《ささい》なケンカで絶交してしまうことは、よくある。

広く浅くいろんな人と交流をもっている紫陽花は、何度も見てきた。

れな子の言動は、一から十まで危なっかしくて、付き合っているこっちが不安になることだって多い。

（……今までそんな子、いなかったから）

周りのバランスを考えながら、いちいち人の顔色を窺《うかが》っている自分とは、違う。

彼女のまっすぐさは時々すごく心配で……そして、ほんの少しだけ、羨《うらや》ましかった。

（今回は、たまたまうまく決着したから、よかったけど……たまたま……）

いいや、自分はもう気づいている。

れな子のそれが、偶然なんかじゃないことに。

本人も必ずできると確信をもってやったわけではないだろう。それでも、望んだ未来に向かって、れな子は一直線に手を伸ばしたのだ。

行動したから、叶《かな》った。それはただそれだけの話だ。

最初から諦めて鉢植《はちう》えの中に閉じこもっているような自分とは違う。ぜんぜん違う。

（……そう、だよね。だかられなちゃんは、すごいんだ。れなちゃんのことを知れば知るほど、敵《かな》わないなあって、思っちゃう……）

パジャマの上から胸を押さえる。れな子に触られた場所が、まだじんじんと、熱をもっている気がする。なんだか苦しくて、深く息をはく。

（どうして、こんなきもちに）

紫陽花は夜空を見上げた。

雲のかかった朧月《おぼろづき》は、今の自分の心のように、曖昧《あいまい》に輝くばかり。

あなたが幸せなら、私も幸せ。――私自身が、幸せじゃなかったとしても。

矛盾《むじゅん》を孕《はら》んだ言葉。ウソじゃなかったはずなのに。どうしていつからこんなにも、胸の苦しさを紛《まぎ》らわすように、繰り返してしまうのだろう。戒《いまし》めてしまうのだろう。

（だって、それが真実なら……私は、家出する必要なんて、なかったんだから。ずっと我慢していればよかった。なのに……どうして私は……どうして）

すぐそばで寝息を立てている大切な友達を想いながら、紫陽花は。

小声で、月に問いかける。

「……なんでだろ、ねむれなくて……ドキドキ、しちゃうよ」

その呟《つぶや》きへの答えは、月も、紫陽花すらも、持ち合わせていなかった。

第三章　いつまでもこのままでいるのは、ムリ？

みんなのことが大好きで、みんなが幸せなら自分は幸せで。

もし紫陽花《あじさい》さん以外の紗月《さつき》さんとかが言ったのなら、『紗月さん頭打ったの!?　病院いこ！』って猛烈に心配しちゃうけれど。普段から人に優しくしている紫陽花さんだからこそ、わたしはすんなりと信じられた。

でもそれって、いったいどんな気分なんだろう。

例えば、誰のものでもない宝石を紫陽花さんが拾ったとして、それを誰かがほしがったら『どうぞ』って、いつもみたいに微笑んで、宝石を諦《あきら》めちゃってもいいってことでしょ？　わたしは見ての通り、丸ごと欲望の塊《かたまり》なので……誰かの代わりに自分の幸せを投げ捨てる、というのは想像もできない。

本当に……それで、紫陽花さんは幸せなのかな。もしも、ほんの少しでも我慢しているのなら、わたしは紫陽花さんにもちゃんと、自分の宝石を手に入れてもらいたい。

わたしは紫陽花さんの大ファンで、紫陽花さんが幸せなら、わたしも幸せだから。

あっ、これが紫陽花さんの感じていた気持ちか!?

いや、でもなんか違う気がする……。わたしのそれはもっと邪《よこしま》で、相手も紫陽花さんに限定されるし……。そもそも紫陽花さんがキラキラしているとわたしの学園生活が楽しくて、わたしのＱＯＬが爆増するからっていう私情だけの理由だし……。

どこまでいっても己《おのれ》のため……。甘織《あまおり》れな子は獣と変わらないのであった……。

朝ごはんの時間、紫陽花さんは起きてこなかった。

昨夜は遅くまで寝付けなかったみたい。心配だったけど、『お構いなく～』って言われたので、こうしてわたしひとり、のこのこと食堂で朝ごはんを食べている。

パンとスクランブルエッグ、ウィンナーにちっちゃいサラダ。旅館の朝ごはんは特別な感じがして、おいしいです。

……しかし、昨夜の会話は、夢だったのかな。

なんか紫陽花さんが『えっちな話もする。するする。ぜんぜんするするむしろ大好き』みたいなことを言っていた気がする……。

天使は神に造られ、生殖を必要としない存在だ。だからやっぱり夢だろう……。てか、それはそれで、紫陽花さんでそんな夢を見ちゃうのダメじゃない？　不敬罪で処断じゃない？

……苦悩しながら、朝ごはんを食べ終わった。

部屋に戻ると、紫陽花さんはまだお布団でもぞもぞしていた。

起こさないように、隣の部屋でゲームでもやっていよう。念のために携帯ゲーム機を忍ばせておいたリュックを、こそこそ持ってゆこうとしたところで。

「……れなちゃん～」

布団の中から、くぐもった声がする。

「あ、ごめん、起こしちゃったかな」

襖《ふすま》を閉めた薄暗い部屋の中、布団から小さな手のひらがひょこっと飛び出ている。

それが、ちょい、ちょい、とわたしを招いていた。

「？」

無防備に近づいた、次の瞬間だった。

「わ、わわわ⁉」

がばっと布団が鮫《さめ》の口のように開いて、わたしに覆《おお》いかぶさってきた！

視界が暗闇に飲み込まれる。うわ、ええっ⁉　な、なになに、なになになに。

近くから「あはは」と、さえずるような蜂蜜色の笑い声がした。

布団に引きずり込まれたわたしのすぐ近く、紫陽花さんが横になってわたしを見つめていた。

その顔は屈託なく無邪気な笑みを浮かべている。

「れなちゃんを、食べちゃった」

「お、オウフ」

発声したことのないような声が出た。

秘密基地の中みたいに、わたしと紫陽花さんは布団をかぶって、見つめ合っている。紫陽花さんはまだくすくすと笑っていて、その体温に温められた毛布が（紫陽花さんの体温に温められた毛布が!?）わたしの全身をぬくぬくと包み込んでいた。

「な、なに、どうしたの」

「もうちょっと、ごろごろしたいな、って思って」

「そ、そっか。え、わたしはなに？」

「れなちゃんも一緒がよかったの」

目を細めた紫陽花さんが、わたしの指をぎゅっと赤ん坊みたいに摑んでくる。

「そ、そうでいらっしゃいましたか」

「うん」

優しく微笑む紫陽花さんは、しかし善悪の区別もついていない幼子のような笑顔で。

「きょうはね、なんだかれなちゃんを振り回したくて」

「なにその宣言!?」

「れな子お姉ちゃん、いい、い〜〜〜」

紫陽花さんがわたしの胸に、ぐりぐりと頭を押しつけてくる。

「えぇえ……？」

昨夜よりギアひとつ外れた紫陽花さんのテンションは寝起きだからか、旅先だからか。あるいは、ずっと家に押し込められていた反動か。そのぜんぶかもしれない。

しかし、わたしはただ困惑するばかり。な、なに……？　かわいいけど！　この紫陽花さんもとことんかわいいけど！

わたしはいったいどうすればいいの……？

ひょいと離れた紫陽花さん。至近距離から上目遣《うわめづか》いで見つめられる。深い栗色の瞳に覗《のぞ》き込まれて、息が止まる。そうして直後、また同じように抱きつかれた。

「れな子おねーちゃん～」

「え、ええと……紫陽花さん、よし、よしよし……」

ぶんぶん、と首を振られた。髪の毛が泳いで、わたしの鼻先をバシバシと叩く。こそばゆい。けど、いい匂《にお》いする……。紫陽花さんの髪の匂いを合法的に楽しめる……。

「きょうの私はね、れな子おねーちゃんのいもうとなの」

「そうだったのか……」

じゃあ我が家にいる妹は偽者《にせもの》か……。どうりでおかしいと思った……。あいつ、わたしの妹のくせに、陽キャなんてありえないもんな。

「だからね、れな子おねーちゃんは、私のことをなんて呼ぶの？」

出た。第二回紫陽花クイズだ！　不正解者には、紫陽花さんの好感度ダウンをプレゼントされてしまう。

「えっ？　ええと……あ、紫陽花さん？」

「ぶぶー」

唇を尖《とが》らせた紫陽花さんが、不服そうな顔をする。ひい。

確かにわたしも妹を、遥奈《はるな》さんとは呼ばない。

とはいえ、紫陽花さんを呼び捨てにできるわけがない。魂魄《こんぱく》が消滅してしまう。わたしは勇気を出して、恐る恐る口を開く。

「あ、紫陽花……ちゃん？」

紫陽花さんは、ぱぁっと笑った。

「れな子おねーちゃん〜〜〜〜」

いいいいい
「ぐいえ」

先ほどより強く抱きつかれて、わたしの胸が絞まる。この妹、甘えん坊だ！

「あ、紫陽花ちゃん？　もう起きる時間だよー？」

「えー？　私、れな子おねーちゃんと、もうちょっとお布団でごろごろしてたいなあ」

「それは、あと何秒ぐらい？」

「一億秒！」

「アホの子だ！」

紫陽花さんは──もとい、紫陽花ちゃんはわたしの背中に手を回して、ぜったいに離さないぞ、という構えだ。

すー、すー、ていう静かな息遣いが、わたしの胸の谷間に当たって、こそばゆい。あと紫陽花さんの胸も大きい上に、寝起きの紫陽花さんはノーブラなので、その、柔らかい感触がすごい。顔が熱くなってきた！

「ちなみに一億秒っていうのは、約三年と二ヶ月だよ」

「そうなんだね……紫陽花ちゃんは物知りだね」

「えらい？　えーらーいー？」

「う、うん……えらいえらい……」

「えへー」

全身でわたしに抱きつきながら、紫陽花さんは能天気な笑みを浮かべる。

姉の責務から解き放たれた紫陽花さんは、どうやら妹を満喫しているようだった。

これは……もう、仕方ない、わたしも全力で乗ってあげないと……。

紫陽花さんのためなら、少し恥ずかしい思いをするぐらい、なんでもない。どうせ昨日は一緒にお風呂まで入ったんだから。

「ええと……紫陽花ちゃん、きょうはどうする？」

「んー。れな子おねーちゃんと、一日中ごろごろしてたいなあ」

「どこか遊びに行ったり、しない？」

「しなーい。きょうの紫陽花はね、すっごく怠惰《たいだ》なんだよー」

わたしの妹になった紫陽花さんは、まるで幼児退行したみたいだった。

「怠惰なのかあ」

「朝起きてチビたちを起こして着替えを手伝ったり、朝ごはんの用意をしたり、朝から床にぶちまけられたレゴブロックひとつひとつちまちま拾い集めたりしないんだ……」

「う、うん」

一瞬、瞳に闇が映った気がしたけれど、たぶん気のせいだ。紫陽花ちゃんはまだ小さな女の子なんだから闇とかない。

家出についてくる前は、紫陽花さんのいろんな一面が見られるかもな……って、わくわく半分、不安半分ぐらいに思っていたけど……。まさか、紫陽花さんがわたしの妹になっちゃうとは夢にも思わなかったな！

「れな子おねーちゃん～」

布団から顔を出して、並んで寝転ぶわたしに、紫陽花さんがまた無防備な声をあげて抱きついてくる。

紫陽花さんの体はどこもかしこも柔らかくて、とても触り心地がいい……。

おかしいな。なんかこれ……。

え、えっちな気分になってきちゃうんだけど……？

いやいや、紫陽花さんにそんなこと思うわけないじゃん！　紫陽花さんは友達だよ！　天使だよ!?　紫陽花さんを性的に見るやつがいたらわたしがブン殴《なぐ》ってやるからな！

「おねーちゃん……」

耳元で甘えた声を出す紫陽花さん（ひい！）は、切なげに瞳を揺らして。

「やっぱり……さすがにムリある、よね……」

紫陽花さんの顔は真っ赤だった。

──急に我に返らないでほしい！

「あっ！　い、いや！　そういうわけでは！」

顔を両手で覆って、ふるふると震える紫陽花さん。

「ごめんね、迷惑かけて……。なんとなく、勢いでいけるかなあ、って思っちゃって……。ダメだよね、私もう高一だし……158センチあるし……。さすがに弟たちみたいに、甘えるわけにはいかないよね……」

わたしが煮え切らない態度を取っているから、紫陽花さんを辱《はずかし》めてしまった！

もうこうなったらヤケだ！

「そんなことないよー！　ほーら、よーしよしよしよしよしよし！」

紫陽花さんの頭を抱き込んで、そのまま撫《な》でまくる。

わたしが恥ずかしいぐらいで紫陽花さんが癒《い》やされるなら、ここで死んでも本望だ。わたしの母性よ目覚めろ！

「かわいいねえ！　紫陽花ちゃんはかわいいねえ！　いくつになったのかなあ！」

「じゅーごさいです……」

「そっかそっか五歳かぁ！　ちゃんと自分のおとしが言えるなんてすごいねえ！　うーんいい子いい子！　世界一！」

猫かわいがりをすると、紫陽花さんはうーうー言いながらも、やがて受け入れてくれた。

こういうのはね、正気に返ったほうが負けなんだよね。知らないけど。

「さ、それじゃあお姉ちゃんと一緒に遊ぼっか、紫陽花ちゃん。あ、動画見る？　なに見る？　たき火映像見る？」

「たき火映像……？　なにそれ？」

「えっ、知らない？　ただ木が燃えているだけの映像だよ。心落ち着くよ」

お布団から腕を出してスマホを向けると、紫陽花さんは首を傾《かし》げた。そうか、見ない人もいるのか……。心を無にしたいときに、よく見てるんだけどな……。

しかし、困った。紫陽花さんがたき火映像を見ないとなると、もう話題がない。

だけどぉ！

そう、わたしには**友達**の紗月さんからもらった話題ストックが残りふたつもある。それをここで切ってしまうことも、やぶさかではない。わたしは紗月さんの話題チョイスを全面的に信頼しているからね。

ええと、なになに。三番目のファイルは、と。

『初体験っていつ？』

「琴紗月ぃ！」

「えっ、なになに……？」

拳を握って起き上がったわたしを見て、紫陽花さんがびっくりする。袖《そで》で口元を押さえた紫陽花さんに、なんでもないなんでもない、と手を振る。

「ちょっと紗月さんがヘンなメッセージ送ってきてただけだから」

「どんなー？」

「それは、いや、その。五歳の紫陽花ちゃんにはまだちょっと早いかな！」

「ふにゃ」

ローテンションの妹モードの紫陽花さんはぼんやりしていて、それもまたとてつもなくかわいかった。そんな子に？　ハァ、ハァ……フフフ……は、初体験っていつ？　って聞くの？　張り倒すぞ琴《こと》紗月。

まったく、急にこんな質問を混ぜ込んでくるんだから、ほんとに紗月さんは油断ならない。でもこれ、『甘織はこういう話好きなんでしょ？』って思われてたらどうしよう。あの人、わたしをドスケベキャラだと思っている節あるからな……。

そもそも紫陽花さんが経験あるわけないいし。ないない。五歳だぞ。あるわけない、よね……？　えっ、不安になってきたな。

「ねえ、紫陽花ちゃんって」

「なぁに？」

純真な瞳を向けてくる女の子に、わたしは朗《ほが》らかな笑みを浮かべた。

「こないだコスプレしてみたいって言ってたよね！　ちょっとツイッターとかで検索してみよっかな！　あはは！！」

聞けるわけねーだろ！

ごまかすように笑って、紫陽花さんからスマホの画面を隠して眺める。五歳には刺激の強い画像が流れてくる可能性あるからね。

わたしの横に寝転がっている女児は、スマホで猫動画を眺めて「かわいい～」とニコニコしてた。かわいいのはあなたのほうなんだよ。猫にも10：0で勝てる人類唯一《ゆいいつ》の逸材《いつざい》なんだよ。

ツイッターでコスプレ画像を漁《あさ》る。たまに流れてくる画像を見るぐらいで、自分で検索したことはなかったけど、衣装とかすごいよねコスプレって。あれ自分で作ったりするんでしょ？ああ、でも紫陽花さんも手先が器用そうだから、作れたりするのかな。

と、つらつらと眺めていると、やたらとかわいい子が目に飛び込んできた。

アカウント名は、なぎぽ@ＪＫレイヤー。童顔で目が大きくて、まるで本当に創作物の世界から飛び出してきたみたい。フォロワー数もすっごくたくさんいる。

ホーム画面に飛ぶ。最新のツイートは、つい二十分前にアップされたばかりのものだ。なぎぽさんの隣にはもうひとり、露出の激しい魔法少女の格好をした女の子が映っていた。

うわ、この子もめちゃくちゃ美人……。エッチすぎる……。

…………って。

わたしは眉根を寄せた。本文には『お友達のムーンちゃんと合わせ！　クレミナージュのコス』って書いてあるけど。

あの、これ。

…………。

紗月さん、ん、では……？

ちょっと待って。ってことは、隣のなぎぽさんって。

そのときだ。電話が鳴った。相手は――紗月さんだった。

「ひい！」

殺される！

「わっ、れ、れな子おねえちゃん？」

「びっくりさせてごめんっ。紗月さんから電話だ！　出てくるね！」

お布団を出て窓際《まどぎわ》へ。口元を隠すようにして、こそこそと通話を開始した。

「も、もしもし？」

『――見《い》た？』

こっわ。

妖怪かよ。

「いや、えっ、なんの話？　わかんないです。わたしツイッターアカウントもってないんで」

『そう、見たのね』

ていうか、なに？　紗月さんってどこからかわたしのこと監視しているの？　これもうわたしがわかりやすすぎるとか、そういう次元じゃなくない？　テレパシーじゃん。

『わかっていると思うけれど』

「……誰かに口外《こうがい》したら？」

『私は手段を選ばない。あなたの家族に累《るい》が及ぶわ』

「すっげぇワルの敵が言うやつじゃん……」

うめいた後、気を取り直すように紗月さんを励ます。

「だ、大丈夫だよ！　紗月さんすっごい似合ってたから！」

『…………』

「ご、ごめんなさい」

無言の圧が強すぎて、もう謝らざるを得なかった。

「あの、そんなに嫌そうなんだったら、どうしてコスプレしてるんですか……？」

『そういう契約なの』

「契約……？　魔法少女的な……？」

『詳しく説明する気はないわ。とにかく、あなたは瀬名《せな》と楽しくやっていなさい。なぎぽ＠JKレイヤーのアカウントはブロックするように。以上』

ツー、ツー。

要件を言うだけ言って、さっさと切られた。

契約でコスプレをしているっていったいなんなんだ……？　わけがわからないよ。

ブロックするようにって言われたので、フォローはせず、アドレスをブックマーク登録しておく。紗月さんのコス画像もちゃんとダウンロードした。

だが、これが大いなる悲劇の始まりになるとは、このときのわたしは予想もしていなかったのだった――。（つづく）

と、スマホを構えてひとしきり紗月さんのコスプレ画像を舐《な》め回すように眺めていると、放置されていた五歳児が「ねーねー」と声をあげてきた。

「れな子おねえちゃん～？」

「あ、うん」

てくてくお布団に戻ると、紫陽花さんにぎゅっと抱きつかれた。スキンシップが過剰《かじょう》なんだよなあ……。ドキドキするぅ……。

「紗月ちゃんと、なに話してたの？」

「あ、いや、大したことじゃ」

わたしはそう言う。言うしかなかった。紗月さんのコスプレ写真を見せたが最後、わたしの家族が被害に遭《あ》ってしまうのだから。

「む～」

しかし紫陽花さんは納得せず、唇を尖らせた。なんで!?

「ナイショなの？　おねーちゃん」

「え、ええ……？」

じーっと訴えるような瞳でこちらを見上げてくる紫陽花さん。

いや、あの、そんな目で見られても！　困ります！

「そっかぁ……ナイショなんだぁ……。紗月ちゃんと、ふたりだけの……」

「か、家族が人質に取られていて！」

「……いいもん」

紫陽花さんはこちらに背を向けて、赤子のように丸まりながら仔猫動画を見つめていた。罪悪感がハンパない！

「いや、あのね！　違うの！　紗月さんとはそういうんじゃなくて！」

「ねこちゃんかわいいねえ、にゃあーにゃあー」

「あっ聞いてない、聞いてないフリしてる！　この子、お姉ちゃんの言うこと聞かない子だ！　悪い子だー！」

紫陽花さんがちらりとこちらを振り向いてくる。ぽつりと。

「……私、悪い子……？」

「そんなことないよ！　紫陽花ちゃんは人間が生きてきた歴史の中で最もいい子！　紫陽花ちゃん以上のいい子は400万年前からただひとりとして存在していなかった！」

紫陽花さんはさらに体を小さくして、膝《ひざ》を抱《かか》えた。

「でも、紗月ちゃんのほうが大事なんだよね、れな子おねーちゃんは」

「そんなことは！」

「真唯《まい》ちゃんとケンカしてたときだって、あんなに親身になってあげてたもんね……」

ど、どうすればいいんだこれ。

紗月さんより紫陽花さんのほうが大切だよ！　ってその場のノリで無責任に叫べばいいんだろうか。でも、実際どうなんだ……？　紗月さんと紫陽花さん？　いや、どっちも大切に決まってるけど！

「わたしは、その、あの……」

「……」

紫陽花さんはさっきまでと違い、わたしを困らせて楽しんでいる――という風ではなかった。本人も認めたくない事実があって、それを突き付けられたかのようだ。

普段ずっと『瀬名紫陽花』という立場に押さえつけられていた紫陽花さんは、目を伏せながら小さく唇を動かす。

「れな子おねーちゃんは……私がいちばんじゃ、ないの……？」

「わ、わたしは」

一番ってなんだ。なんの一番だ……？　友達？　それとも。

いや、それもなんとなく違う。紫陽花さんが求めているのは理屈じゃない。ただ紫陽花さんが一番なんだ、っていうその安心感。全幅《ぜんぷく》の承認欲求なんだと思う。

あれほど普段、誰からも好かれて、誰からも頼られている紫陽花さんの弱った姿に、胸がキュンキュンと鳴る。

わたし程度の言葉で立ち直ってくれるのなら、いくらでも『いちばんだよ！』って言ってあげたい。あげたいんだけど……。

「……れな子おねーちゃん。ぎゅ、して」

「う、うん……」

両手を広げた紫陽花さんを、ぎゅっと抱きしめる。紫陽花さんの唇が頬をかすめて、わたしの顔が熱くなる。

でも、わかんない。

一番って、なんだろう。

もし紗月さんと紫陽花さんが助けを求めてきたら、わたしはどちらに手を伸ばすのだろう。

きっといろんなことを考えた後にわたしは——より友達の少なさそうな、紗月さんのほうへと向かうのではないだろうか。

紫陽花さんはきっと、他にも友達が、助けてくれる人がいるだろうから、って。

そんな風に思ってしまったのに。わたしが紫陽花さんに『いちばんに決まってるよ！』だなんて言ってしまうのは……ウソだから……。

紫陽花さんの体温を感じて、ふたりの鼓動が一緒になっていくような気持ち。

「れなちゃん……」

「……紫陽花さん」

そんな風に、存在を確認するみたいにお互いの名前を呼んでいた、直後のことだった。

とんとん、とんとん、とドアがノックされた。

あ……。

「お布団、畳みに来たのかな」

「…………んぅ」

「紫陽花ちゃん、もうちょっとゴロゴロしていたいよね？　わたし、ちょっと断ってくるから、ここにいてね」

すると、紫陽花さんは名残惜《なごりお》しそうにわたしの体を解放した。目を伏せてから、つぶやく。

「おねーちゃん……ヘンなこと言って、ごめんね……。優しくしてくれて、ありがとうね」

「う、うん」

「お利口さんにして、待ってるねっ」

紫陽花さんはそう言って、めいっぱいかわいらしく微笑んだ。あまりに可憐《かれん》で誰もが無差別に紫陽花さんのことを好きになってしまいそうな笑顔……だったんだけど。

わたしはなぜかその笑顔が、無理しているように感じてしまった。

もうわからない……わたしには、なにも……。なんだか無力感を覚えてしまう。

のそのそと起き上がり、ノックの続くドアへと向かう。

「はい……でも、あの、実はまだお布団は」

ガチャリとドアを開く。

そこにいたのは旅館の人ではなく――。

「やあ」

星の流れるような、しゃらら～ん、というウィンドチャイムの音が聞こえてきた気がした。

金色の髪をまとめてアップにしている、控えめに言っても絶世の美少女。

そのスタイルの良さは、ああ神様って人間をこういう風に作りたかったんだな……と思わされるほど完成されていて、少なくともそこらへんの旅館でひょっこり遭遇するような人種であるはずがなかった。

王塚真唯である――。

「うわなんか見たことある顔！」

「本当かい？　世の中にふたりといないというキャッチで売っていたこともあるんだけどな」

「あんただよあんた！」

びしっと真唯を指さす。真唯はなにが面白いのか、はははと笑っていた。

「いやあ、私に内緒で旅行するなんて、つれないじゃないか。ちょっとお邪魔させてもらってもいいかな？」

「いや、あの、待って！」

制止する暇《いとま》もなく上がり込んでくる王塚《おうづか》真唯。

やばい。だってここには――。

お布団の上、寝ぼけ眼《まなこ》の、紫陽花さんがいた。

「れな子おねーちゃん～？　ねえねえ、早くおふとん、おふとん戻ってきて、またぎゅーってしよ、ね、ぎゅーって」

あまりにもかわいらしく声をあげる五歳児の姿。

「おや」

「…………ふぇ？」

きょとんとした真唯と、ほわほわの紫陽花さんの視線が交錯《こうさく》して。

直後。

「わぁあああああああああああああああああ！」

紫陽花さんの口から、聞いたこともないような叫び声が飛び出たのであった。


「で」

わたしは腕組みをして、真唯をじっと見つめる。

「なにしに来たの!?」

「ちょっと海を見たくなって」

「うそつけ！　あんたみたいな王族が、お忍びであってもこんな場末の旅館に泊まりに来るわけないでしょ！　場末って言っちゃったよすみません！」

真唯は座椅子に足を崩して座りながら、さっき自分で淹《い》れてきたお茶を手に微笑んでいる。

「いやあ、変わりなくてよかったよ。突然、紫陽花と旅行に出かけたって聞いたから、私のほうこそ驚いてしまった。きょうはたまたま休みが取れてね、追いかけてきたんだ」

「あっ、あああっ」

謎が解けた！

昨夜の妹のメッセージは、真唯に聞かれたからだったのか。長いものに巻かれる女ぁ……！

「まさか身内にスパイが紛《まぎ》れ込んでいたとは……」

「遥奈は礼儀正しくて、かわいらしい後輩だね。すっかり私のことを義姉《あね》として慕《した》ってくれているようだ」

「将を射《い》んと欲《ほっ》されて、先《ま》ず馬を射られている……」

なにが義姉だ。だからわたしは真唯と結婚しないんだっつーの……。

昨夜、紫陽花さん相手にめちゃくちゃエモい夜を過ごしたのが、遠い過去のようだった。これがなにもかもを塗り潰《つぶ》す王塚ワールド。王者の力。

そして、一方の紫陽花さんは布団を畳んだ後、何事もなかったかのように座椅子に腰を下ろしている。ただしその耳は真っ赤だった……。これが『恥』……！

「やあ、紫陽花。夏休みに会うのはこれが初めてだね。調子はどうだい？」

「ふ、ふつーです……」

「そうか、ところでさっきの『おねーちゃん』というのは」

「あ、あれはね！　べつに、なんでもなくてね！」

「そういえば知ってた真唯!?　ここらへんって紫陽花さんが子供の頃に遊びに来ていたところなんだって！」

紫陽花さんの顔がまた熟した林檎《りんご》みたいになってしまったので、わたしが力業《ちからわざ》で話を捻《ね》じ曲げる。真唯はこっちの話題に乗ってくれた。

「そうなのか。のんびりとしていて、とてもいい街だね。この辺りには詳しいのかい？」

「う、うん。そこそこ……」

「だったら、この辺りを案内してくれないかな？　知らない街をぶらぶらと歩くの、けっこう好きなんだ。もしよかったら、だけれど」

「だ、だって！　どうかな、紫陽花さん！」

「う、うん、そうだね！　そうしちゃおっかなー!?」

ぱちんと手を合わせて、紫陽花さんが大量の汗とともにヤケクソみたいな笑みを浮かべる。

ふう、よかった。特殊なプレイをクラスメイトに目撃された紫陽花さんが、精神を粉々に破壊されるところだった……。

「ああもちろん、無理にというわけではないよ。バカンスはそれぞれの楽しみ方がある。その場合はそうだね、れな子と連れ立っていってこようかな。ねえ、れな子おねーちゃん」

「やめっ、ヤメロー！」

思わず叫ぶわたしと、真っ赤になってうつむきながらぷるぷると震える紫陽花さん。これ以上わたしたちを苦しめてどうしようっていうんだ。

なんだ？　わたしが紫陽花さんと一緒にふたりで旅行にいったから、意地悪を？　意地悪をしているの？　やだよ意地悪は。意地悪だから。

わたしがじぃっと睨《ね》めつけると、真唯はバツが悪そうな顔をした。

「いや、すまない。ただちょっと、仲間外れにされたような気分になって、寂《さび》しかったんだ。もちろん、私が仕事で忙しくして、連絡が取りづらかったのが悪いんだが……」

「う、うん。こっちこそごめんね、真唯ちゃん」

「いや、紫陽花が謝るようなことではない。ただ、私の心がまだまだ未熟なだけさ」

と、真唯はしゅんとした。こういう素直さは真唯の美徳だ。

実際、わたしも真唯と紫陽花さんがイチャイチャしてる現場を見たら『あっ……はい』ってなっちゃうと思うしな……。仕方ない、許そう。

「ていうか、ほんとは紫陽花さんがひとりで旅行に出ようとしてたのを、わたしが押し掛けてきただけだからね……。立場は真唯と一緒っていうか……」

「そうなのか？　だったら、その、改めて私も交ぜてもらってもいいかい？」

「うん、もちろん」

紫陽花さんはようやく晴れやかな笑顔を見せた。真唯が顔を輝かせる。紫陽花さんの前では、真唯といえど天使に救済される人類であることには変わりないようだ。

さてそれじゃあ、と真唯が腰を浮かせる。

「では、早速支度をしようか。実は私もね、隣に部屋を取ってあるんだ。ええと、れな子の部屋はどこなんだい？」

きょろきょろと辺りを見回す真唯。

「どこって……ここだけど」

「……ん？」

真唯がにこやかに首を傾げた。

「この部屋は、紫陽花の部屋なんだろう？」

「ふたりで泊まってるんだってば。布団ふたつ並んでたじゃん」

見ればわかるでしょ、ぐらいのニュアンスの言葉に、しかし真唯はしばらく固まっていた。

「…………紫陽花と、同室？」

真唯は愕然《がくぜん》とつぶやいた。えっ!?

「ふしだらじゃないか!?」

「なにが!?」

「同性の女の子同士が同じ部屋に寝泊まりするだなんて！」

「なに言ってんのあんた⁉」

まったく意味がわからん！

「君は、まったく、本当に、誰とでもそんな！」

「誰とでもじゃないし！　まだ紗月さんと紫陽花さんだけだし！」

「紗月も⁉」「紗月ちゃんとも……？」

あれ⁉　紫陽花さんまで参戦してきた⁉

友達とお泊まり会するぐらい普通じゃないか……。いやまあ、普通ではないんだけど。

そう、今のわたしはお泊まり会が『普通』って言えるぐらいの高みにのぼってしまったってこと。そういう意味では確かに罪つくりかもしれないね……ふふ……。

って、歓喜に打ち震えている場合じゃない。

真唯は学級委員長に立候補するように、胸に手を当てて毅然《きぜん》と告げてきた。

「わかった。私もきょうはこの部屋に泊まることにしよう」

「あんた隣に部屋取ったってさっき言ったよね⁉」

「なぜ私だけそう仲間外れにしようとする⁉　私が美しすぎるから目に毒なのか⁉」

「宿泊約款《やっかん》に書いてあるからだよお！」

だめだこのスパダリ。話が通じない。

ほら、ほらほら、紫陽花さんだってぽかーんとしているじゃん！

「ね、ね、紫陽花さんも真唯になんか言ってやってよ！」

そう言うと、わたしたちのやり取りを眺めていた紫陽花さんは、なにかに気づいたように。

「……え、『真唯』？」

「あっ」

そう、普段のわたしは真唯のことを『王塚さん』と呼んでいるはずだった。

わたしの頭の中にベートーベンの運命が流れた。

終わった。

「いや、それは、あの、その……！」

焦《あせ》れば焦るほど、言葉が出てこなくなる。

「れまフレっていう、ふたりだけの関係があって」

「れまフレ……？」

「そ、そうなの。その、あの、いろいろあって、いろいろと！」

どんな情報をどの順番で開示するのがいいか、まるでわからず、わたしはまったく要領を得ない話し方になってしまった。

真唯の秘密について話すのもダメだし、かといってわたしと真唯が恋人関係を一時期だけやってましたなんて言えるわけがないし。

といっても、紫陽花さんに嘘をつくのはやりたくないし！　八方ふさがり！

助けて真唯えもん！

「つまり、私たちはちょっとしたことで仲良くなったのだが……とはいえ、れな子は恥ずかしがり屋だろう？　人前でわたしを呼び捨てにすることはできないからと言って、『王塚さん』呼びを続けていたんだよ」

簡潔でわかりやすい説明を終える真唯。あっ、それでいいんだ!?

紫陽花さんは今の言葉をゆっくりと嚙み砕く。

「えっと、そ、そうなんだ。急に真唯ちゃんのこと名前で呼ぶから、びっくりしちゃった」

ご納得いただけた模様！

よかった、ほんとによかった。

「どうだい、れな子。これを機に、学校でも私のことを真唯と呼ぶのは」

「ムリだよ！　周りの目が怖すぎるって！」

「そうかい？　誰も気にしないと思うけれどね」

「紫陽花さんはどう思いますか!?」

「えーっと……でも、そうだよね。ちょーっと勇気いる、かな？」

「紫陽花だって、私のことを真唯って呼んでくれてもいいんだよ」

真唯が微笑みながら、紫陽花さんの手を取る。

紫陽花さんはちょっぴりためらいながら。

「……ま、真唯」

「うん、紫陽花」

かーっと紫陽花さんの頬が赤くなる。

「や、やっぱりこれは照れちゃうよ。それに、真唯ちゃんは『真唯ちゃん』って感じだから」

「そうかな？」

「うん。女の子っぽくて、お姫様みたいで、でも親しみやすくて。真唯ちゃんだよ」

「だったら今度は私が紫陽花を、紫陽花ちゃんと呼ぼうかな」

「そ、それもちょっとくすぐったいよう」

ふたりは結婚式場の下見に来たカップルのように、和《なご》やかな雰囲気で微笑み合う。

まいあじ派、見てるか？　今ここで美少女と美少女の披露宴《ひろうえん》が開催されているぞ。

ふたりを見守るスタッフになっていると、真唯が笑顔で立ち上がる。

「それじゃあ、遊びに行こうじゃないか」

押し掛けてきた真唯を見たときはどうなることかと思ったけど、気づけばいつもの仲良しグループ。だから大したやつなんだ、真唯は。

「うんっ」

「はーい」

わたしも一日中紫陽花さんと姉妹ごっこしてたら、きっと脳がとろけて日本語を忘れちゃうだろうし、ちょうどいい。

こうして、家出旅行二日目。わたしたちは宿を出て、街を散策することになった。

海沿いの街は山との距離もめちゃくちゃ近く、あちこちが坂だらけ。まるで登山道みたいな急勾配《きゅうこうばい》がいたるところにあって、アスレチックみたいだった。

ちょっと上ると見晴らしのいい海が広がっていて、わーって気分になる。住んでいたらすぐ見慣れちゃうのかもしれないけど、わたしには物珍しくて楽しい。

紫陽花さんが先頭で、その隣に真唯。そして、やや後ろをわたしが歩く。

グループで外を出歩く際には、横並びに広がると他人の迷惑になるからという理由で、わたしが一歩下がってしまうことが多い。え、あるあるだよね？　これ。

「でもね、ほんとになんにもない街なんだ、ここ」

「そうなのかい？」

「うん。夏休みとか冬休みとかね、たまに遊びに来てたんだけど。友達もいなかったから、やることなくなっちゃって。それであちこちぶらぶらしてたんだー」

きょうの日差しは柔らかかったけれど、真唯はそれでも白いレースの日傘を差していた。散歩する貴婦人のように、どこまでも優雅で綺麗な姿だった。プロの美意識がにじみ出ているみたいなのも、かっこいい。

「当時はまだ弟も生まれたばかりで、お父さんもお母さんもしっちゃかめっちゃかしててね。それで私はこっちに押しやられていたんだよ」

「なるほど。じゃあここは第二のふるさとのようなものかい」

「ふふ、そうかもね。私の思い出巡りに付き合わせちゃってるみたいでごめんね、真唯ちゃん、れなちゃん」

「あ、いや、ぜんぜん」

振り返ってきて微笑む紫陽花さんに、首をブンブンと振る。

かたや真唯は余裕げに笑って。

「なにを言う。私はそういうことがしたかったんだ。級友と親交を深める、贅沢《ぜいたく》な時間さ」

わたしが拙《つたな》い言葉で相槌《あいづち》を打とうとすると、さらっと真唯がいいことを言って場の雰囲気を軽くしてくれる。さすが芦ケ谷《あしがや》のスパダリ。

紫陽花さんの家出ツアーに真唯が加わったことで、安心感が段違いだ。そもそもふたりきりだったら、一日お布団生活で、どこかに出かけるって発想もなかっただろう。

めちゃくちゃ心強いけど……なんか、癪《しやく》だな!?

「それで、これはどこに向かっているんだい？」

「ふふっ、さーて、どこでしょう？　ヒントは、私が小学生の頃、お小遣いを握りしめて通っていた場所でーす」

「そうだね、美術館かな？」

なけなしのお小遣いで小学生が美術館に通うとか、偉人の画家のエピソードじゃん……。

「ふふっ、れなちゃんは？」

「えーとえーと、げ、ゲームセンターとか！」

ぜったいに正解したかったので、手堅《てがた》いところを言ってみた。真唯よりわたしのほうが紫陽花さんをわかっているんだ！

するとと紫陽花さんは「おしいー」と言ってはにかんだ。あっ、かわいい。

「もうちょっとで到着するからね」

「ゲームセンターが惜しいのか。さて、なんだろう。アミューズメントパークかな？」

「もしかしたらオダイバープラザは当時この辺りにあった……!?」

「あんまりハードルあげすぎないでね!?」

紫陽花さんに突っ込まれた。幸せな気持ちになってしまう。

わたしたちが好き勝手なことを言っていると、到着した。

「こ、ここです」

通りの片隅。錆《さび》で汚れた年季の入った看板の下、店頭にはガチャガチャが並んでおり、中には所狭しと商品が陳列《ちんれつ》されている。コンビニよりも雑多な店構えの販売店。

わたしはびっくりして声をあげた。

「だ、駄菓子屋だー！」

やば。昭和の遺物じゃん！

初めて本物を見る。漫画とか動画でしか見たことないよ。

わたしの地元じゃ、小学生がお菓子を買う場所なんて、もっぱらコンビニかスーパーだったし。すごい。

「まだ潰れてなかったんだねえ」

紫陽花さんがほっと胸を撫でおろす。

「うわー、すごい。ナマの駄菓子屋だー。写真撮っちゃおー」

わたしがテンション上げていると、紫陽花さんは得意げだ。腰の後ろで腕を組んで、にんまりと真唯を覗《のぞ》き込む。

「どう？　おしゃれで優雅な真唯ちゃんは、駄菓子屋なんて知らないんじゃないかなー？」

「ふっ」

真唯が不敵に微笑んだ。

「残念だったね、紫陽花。私には紗月という幼馴染《おさななじ》みがいる。お金のかからない遊びは、一通り彼女に教えてもらっているんだよ。中にはもちろん、駄菓子屋だって含まれていたとも」

「な、なんとー」

紫陽花さんが目を丸くする。

「そんな、ハンバーガーを見て、『フォークとナイフがないけれど、これはいったいどうやって食べるんだい？』とか言いそうなくせに！」

わたしも紫陽花さんに便乗して叫ぶ。ちなみに真唯と放課後ハンバーガーショップに寄ったことはある。ふつうにたべてた。

真唯は微笑を浮かべながら、日傘を畳む。

「よく紗月に教えられたものだ。１００円で効率よく放課後の宴《うたげ》を楽しむため、最良のお菓子の選び方、というものをな。私はポテトフライがお気に入りだった」

「真唯ちゃん、できる……！」

わたしひとりが置いてけぼりだけど、真唯と紫陽花さんが楽しそうだからＯＫです。

「ようし、わかったよ、真唯ちゃん」

ぐぐっと紫陽花さんが拳を握ったあと、その指を真唯に突きつける。

「どっちが１００円で最高のコースメニューを完成させられるか、勝負だよっ」

「ほほう、受けて立とうじゃないか。勝敗はれな子に判定してもらうということだね？」

「ええっ？」

「うんっ。究極対至高の駄菓子バトル、開幕だね！」

ふたりは楽しげに火花を散らしていた。

真唯はともかくとして、紫陽花さんもこういうところノリがいい。

でもよく考えたら香穂《かほ》ちゃんどころか紗月さんまで参加してきそうだし、そもそも陽キャってみんなノリのいい生き物なのかも……。

だとしたら、陽キャデビューした甘織れな子もノリが良くなくてはいけない。『いや、わたしは駄菓子よくわかんないんで……』とは言えないのだ。

よっしゃ。まるで駄菓子界の第一人者のような顔で、わたしは大きくうなずいた。

「任せてください。言っておくけど、わたしはお菓子にはうるさいからね。目をつむって食べたポテトがうすしお味かコンソメパンチ味か、八割の確率で当てることができます」

「私もできると思うよ!?」

紫陽花さんにまたも突っ込まれた。くっ、体が幸せにされてしまう……。

と、ふたりに続いて、わたしも中に入る。

雑多な店内には、ところ狭しと見たことのないお菓子がいっぱい積まれている。ちっちゃい、かわいい。小人の国のお菓子工場みたい。

スーパーの安いお菓子コーナーっぽいけど、それよりもなんか、なんだろう。懐《なつ》かしい感じ？　ＤＮＡに刻まれているのかな。

紫陽花さんはちっちゃなかごを持って「わー、これよく食べてたなあ」ってニコニコしながら店内を見て回っている。

「なんか、紫陽花さんって、デパコス見てたときも、雑貨屋さんに入ったときも、今みたいに駄菓子屋にいるときも、同じような顔してるよね」

「ええっ？　なにかヘンかな？」

頬をぺたぺたと触る紫陽花さんに、ううん、と首を振る。

「そうじゃなくて、えと、どこにいても紫陽花さんって感じで、好感度高い……」

「高い？　そっか、よかった」

紫陽花さんが笑顔でぴーすぴーすと嬉しい気持ちをアピールしてくる。こんなかわいい存在が駄菓子屋でちっちゃいお菓子選んでいることがもう、極上にかわいい。

「なんかねー、いっぱいある中から選ぶの、大好きなんだよねー。目移りできるのって、贅沢だなーって思うの」

「お、紫陽花さん、これおいしそうじゃない？　チョコの棒」

「それだったらね、こっちの25円のチョコにすれば他にもいろいろ買えるから、まんべんなくいろんな味を楽しめるんだよ～」

「なるほど紫陽花パイセン……！」

一方、真唯は株取引する人みたいな顔で、マジメに一個一個の商品を吟味《ぎんみ》している。

最高のメニューを厳選しているのかと思えば「ほほう、これは食べたことがないな……」と、独り言を漏《も》らしていた。自分が食べたいものに夢中だ!?

しかし、不思議だ。

わたしが駄菓子屋をひとりでうろついててもたぶん、うわ高校生にもなって恥ずかしいな……って自分で気にしちゃうだろうに。

紫陽花さんや真唯が一緒だと、高校生三人で駄菓子屋を見て回ることが、ひと夏のきらめくような青春じゃん！　って思えてくる。

なんでだろう。ふたりの品格が高いからかな……。ふたりがいたらドラマの撮影現場みたいだもんな。

店内を物色していた真唯に、横から話しかける。

「真唯って普段どんなお菓子食べてるの？」

っていうか、そもそも家でお菓子食べるのかな？　あんまり真唯が間食しているイメージないんだよね。学校ではよくポッキーとか貢《みつ》がれたりしてるけど。

「そうだね、ビッグカツとかかな」

「それ今手に持っているやつだろ!?」

あのリビングで真唯が毎日ビッグカツ食べてたらビビるわ。いや、逆に似合うのか……？

ラムネのビン片手に駄菓子を食べる真唯。真唯ってそういうところあるもんな。

「まあ、それは冗談として、主《おも》には家に届いてくるお菓子に手を付けることが多いかな」

「お菓子が家に届くの⁉　チョコパイも⁉」

「チョコパイは届かないよ。仕事先の人が、有名店の流行《はや》りのスイーツを買ってきてくれたりとかね。ぜんぶ口にしたいのはやまやまだが、私はそう量を食べられないから、期限が切れてしまいそうなものはお手伝いさんに持って帰ってもらったりしているんだ」

「そうなんだ」

「普段残していると、罪悪感が湧いてきて、なおさら気楽にお菓子を買ったりできないものだ。だから、こういう企画はなかなかどうして、楽しいな。ふふふ」

目を細めて、嬉しそうに笑う真唯。

もしかして紫陽花さんはこれを見越して、駄菓子対決をしようとか言ったのか……？　わからない。でも少なくとも紫陽花さんは紗月さんじゃないから、真唯をぶちのめして這《は》いつくばらせて敗北感を味わわせたい、って動機ではないはず。

真唯と紫陽花さんって、けっこう謎なんだよね。お互いのこと、ほんとはどう思っているんだろう。はたから見てると、長年連れ添ったパートナーみたいにすごく絵になるんだけど。

そうこうしている間に、真唯と紫陽花さんはメニューを完成させたようだ。

レジに座っていたおばあちゃんに会計を済ませて、店を出た。

お店の前にはおあつらえ向きのベンチがあって、わたしたちは日向《ひなた》ぼっこする猫みたいに、並んで腰を下ろす。

「それじゃあ、れなちゃん。これが私の選んだ駄菓子だよ」

早速、ビニール袋をご開帳する紫陽花さん。そこにあった駄菓子は三つほど。

「マシュマロと、ポテトフライ、それに食べると口の中がパチパチしちゃう綿菓子だよ」

なるほど、チョイスが紫陽花さんっぽい。（？）

「甘いのしょっぱいの、それから今度は刺激的な甘いので、れなちゃんを駄菓子のとりこにしちゃう作戦だからね」

隣の紫陽花さんが、自信ありげに口の端《は》を吊り上げる。レアな表情パターンだ。

わたしは不真面目なことに、紫陽花さんの渾身《こんしん》のプレゼンより、昨日あれほど自己評価が低くなっていた紫陽花さんがドヤ顔できるまで回復したことに、感動してしまっていた。

よかったね、紫陽花さん、よかったね……。

わたしも姉を演じたかいがあった。あったのか？

そこで、真唯が「おっと……」と意外そうな声をあげた。

「なるほど、そういうこともあるか」

「うん？」

「なになに？」

「これさ」

真唯が見せてきた袋の中に入ってたのは、四点。

ラムネ菓子とへらで食べるちっちゃなヨーグルトっぽいやつ、それにマシュマロとポテトフライだった。真唯と紫陽花さんが顔を見合わせる。

それから、どちらからともなく笑いだした。

「かぶってる」

「本当だ」

つられて、わたしも笑う。

妙にツボってしまったわたしたちは、駄菓子屋の前でしばらく、不審人物の女子高生三人組と化してしまった。

「はー」

真唯が大きく息をつく。

「これは、仕方ないな。引き分けとしか言えないだろう」

「うーん、残念。せっかく真唯ちゃんに勝てるかなって思ったのに」

おや。

「紫陽花はそういう気持ちとは無縁だと思っていたよ」

わたしもコクコクとうなずく。温泉で卓球対決はしたものの、あれはわたしがムリヤリ誘ったも同然だし。紫陽花さんって世界でいちばん争いから縁遠い人間だと思ってた。

「えー？　けっこーむきになることだってあるよー？」

おこりんぼだったり、五歳児になっちゃうこともある紫陽花さんは「たとえばー」と例をあげようとして、ぴたりと止まった。

そっと目を逸《そ》らされる。頬を赤らめている。

「……例えば……ナイショ」

「む、気になるな」

真唯は紗月さんに対してが顕著《けんちょ》だけど、挑みかかってくる人を面白がる傾向にある気がする。

紫陽花さんに突っ込んで聞き出そうとしていた。

しかし紫陽花さんは「だーめー」と頑《かたく》なに口を割らない。紫陽花さんの頑固さも、なかなかのものだから、ふたりは平行線。

でも険悪な雰囲気とかじゃなくて『いえよー』『やめろよー』的なじゃれ合いだ。それを真唯と紫陽花さんがやっているわけだから、たまらないよね。一生、三人で一緒にいような。

ただ、そんな満ち足りた気分でいると。

「おやおや」という声が聞こえてきて、わたしは思わずそっちを向いた。恰幅《かっぷく》のいいおじさんが、こっちを見て驚いていた。

おっと、これは真唯バレ案件か……？

ナンパのようには見えないけど……と、わたしが腰を浮かせようとしたところで、おじさんが声をかけてきた。

「もしかして、紫陽花ちゃんかい?」

「えっ?」

紫陽花さんはびっくりしつつも、すぐに気づいたみたいだ。

「あっ、ひょっとして……スズキのおじさん?」

紫陽花さんが昔ここらへんに遊びに来てた頃によく話していたおじさんだという。いやー大きくなったねえ、おじさんこそ久しぶりですー、みたいな話をしていた。

知らない人との会話なので、わたしは完全に及び腰だったんだけど、ふたりは思い出話に花を咲かせる。

「スズキのおじさんは、写真館をやっててね。この辺りの子供はみんなおじさんに七五三とか撮っててもらったんだ」

「撮った子はみんな覚えているよ。その中でも、紫陽花ちゃんはとびきりの美人だったからねえ。こっちの子たちは友達かい? みんなすごい美人さんだねえ」

「へへ……」

愛想笑いを浮かべていると、話は転がっていって。

その写真館に遊びに行く流れになってしまった!

紫陽花さんが「昔の写真見てみたい」って言って、真唯も「そうだね、面白そうだ」と賛同したら、もう仕方ないね……。

「あ、でも、大丈夫？　れなちゃん」

「え!?　もちろん大丈夫ですよ！　いこいこ！　ぜんぜんいこ！」

いくらわたしだって、おじさん相手に失神したりしないから！　そんなんだったら電車とか乗れないでしょ！

うーん。でも、紫陽花さんの七五三のお祝い写真かあ。

え!?　それはめちゃくちゃ見たいな！


「うっわ……………かわいい……」

駄菓子屋から坂を上って徒歩で五分もかからず。商店街にある写真館に到着した。

隣の店では、学生服が売ってたり、向かいに美容院があったり。店の半分はシャッターが下りているような、そんな商店街だ。

写真館の中に入ると、ウェディングフォトや成人式の写真、家族写真とかの中に、子供たちの七五三の写真がたくさん飾られていた。

この中から目当ての人物を見つけ出すのはすごく大変そうだったんだけど……でも、一発でわかってしまった。そりゃ妹の顔を見間違えるお姉ちゃんがいるわけないからね。

晴れ着姿で、髪飾りをつけた、七歳のロリ紫陽花さんだ。千歳飴《ちとせあめ》を提《さ》げて、はにかんだ笑みを浮かべている。

「かっ、かわ……かわ、かかかわ、かわいい……」

「は、恥ずかしいよ、れなちゃん……」

かぶりついて写真を眺めていたわたしの後ろから、か細い声がする。

ハッ。かわいすぎて過呼吸になるところだった。

「ち、違うんですよ、わたしは別にロリコンとかそんなんじゃなくて！　ただ紫陽花さんの幼少期だからすごいかわいくて！　ただそれだけで……くっ、なんて破壊力だ！　これが真の紫陽花さん五歳児……！」

「七五三だから七歳じゃないかな」

隣から真唯の優しい指摘が飛んでくる。言葉のあやだよ！

「はー、紫陽花さんは昔っからかわいかったんだねえ……」

「そうかなあ、どうかなあ。うー、はずかし」

ぱたぱたと手で自分を扇《あお》ぐ紫陽花さん。

やばいなー。ほんとにこんな紫陽花ちゃんと一緒にお布団入って『おねーちゃん』なんて呼ばれたら、お布団の中にふたりだけの帝国を築き上げちゃいそう……。なんでもしちゃう……。わたしが紫陽花ちゃんになんでも、できることすべてを……。

ま、わたしはロリコンではないけどね！　ただほら赤ちゃんって大人に庇護《ひご》されるために愛情行動を引き出しやすい外見をしているっていうじゃんそれと一緒でね！（早口）

仕方ないでしょ！　ロリ紫陽花さんを前にしたら、誰だってロリコンになるに決まっているっての！（逆ギレ）

はー、家出旅行についてきてよかったー！　神に感謝！

わたしがあまりにも写真の前で動かないものだから、おじさんが声をかけてきた。

「そうだ、よかったら一枚撮っていかないかい？」

「いいですね！」

さっきまで人見知り発揮しまくってたのに、おかしなテンションで賛同してしまった。

でもよくない？　写真館にロリ紫陽花さんとＪＫ紫陽花さんが並んで飾られるとか、世界平和じゃん！（？）

しかしだ。スタジオに立つおじさんは、こっちを見て。

「せっかくだから、ほら、友達も一緒に」

などと言う。

いやいや、いやいやいやいやいや。

わたしは全力で後ずさりした。紫陽花さんと真唯の間に挟まれるわたしとか、そ、それはだめでしょ。写真一枚の平均点が大幅に引き下がってしまう。

しかし紫陽花さんは「いいねー」と手を打っちゃうし、どうしたものか！

助けて真唯えもんー！

うるうるとした視線を向けると、真唯は仕方ないなあとばかりに、息をつく。それからわたしにだけ聞こえるように小声で。

「私もスリーショットがいいと思ったんだけどね」

「写真はまだいいよ……！　でもそれがずっと写真館に飾られることになるんだよ……!?」

「やれやれ……」

真唯にぽんぽんと頭を撫でられる。その唇が、慈《いつく》しみの形に微笑んだ。

「キミもかわいらしい甘え上手になってきたものだね……」

一瞬で、顔がかぁっと熱くなった。

だっ、誰が甘え、甘え上手だ!?　真唯がいなくてもわたしはがんばって紫陽花さんとうまくやってたもん！　違うから！　ぜんぜん違うから！

わたしは、その、自立した陽キャを目指、目指している途中なんだぞ！　別に真唯におねだりしなくたって！　くっ、このっ！　聞いてんのか!?　言ってないけど！

「ま、ここは私と紫陽花のふたりで撮ってもらおうじゃないか」

敗北感でいっぱいになったわたしは、地団駄を踏みながらその言葉を聞いていた。

くー……。真唯が来て、ついつい頼り切っていた。猛省だ……！

とはいえ、言えば「うん、わかった」と簡単に引き下がってくれるのが紫陽花さんのいいところ。『はあ？　ノリわりーの』とかそういう顔をされたら死んじゃうからね。紫陽花さんはわたしの命を摘《つ》み取らないでいてくれる。優しい。

はー……いったん落ち着こう。

紫陽花さんと真唯がスタジオに立つ。白いバックに光を当てられて、おじさんが立派なカメラの前に立ってファインダーを覗き込む。

「おや、もしかして王塚さんは撮られ慣れている人かな？」

「そうですね、少々」

微笑んだ真唯がポーズを取ると、さすがにすごい。

こないだ見たばかりのファッションショーみたいに、あっという間に王塚真唯の世界が展開される。カメラの前の真唯、あまりに強さが強い。

紫陽花さんですら、真唯の隣に立つとただの女子高生に見えてしまうほどだ。

うわあ、真唯こっわー……。

そのまま何枚か撮ってもらってから、紫陽花さんと真唯はこっちに戻ってきた。

「ふう、緊張しちゃった」

「こういうのもなかなか面白いね」

「う、うん。ふたりとも、すっごくかわいかったよ！」

完全にモブ視点で感想を伝えると、真唯はにっこりと「ありがとう」と言い、紫陽花さんは照れながら「ありがと」と小さな笑みを浮かべた。

ぐるりと写真館を見回して、紫陽花さんは懐かしむように言う。

「私ね、そういえばここで大泣きしてたこと、思い出しちゃったな」

「え、そうなの？」

「大変だったんだよ。ですよね、おじさん」

おじさんも「あのときはね」と苦笑いをしていた。

十年近くも前の話を、いまだに覚えているみたいだった。


そうして——写真館を出たわたしたちは、軽く小腹を満たしたりとかして、旅館への帰り道を下っていた。

紫陽花さんが、歩きながら語る。

「お父さんもお母さんも、弟ばっかり構ってね。私はひとりで親戚の民宿に預けられちゃって。その上、七五三のときまで弟が熱出したとかで、ひとりぼっちにされたんだよね。もう、なんでぇ〜〜〜！　って。癇癪《かんしゃく》起こしたんだと思う」

紫陽花さんは代表しておじさんに写真代を払おうとしてたけど、断られてた。

逆に、久々に元気な姿を見せてくれてありがとう、ってお礼を言われちゃったりして。なんでも、撮った写真は後で送ってくれるらしい。

「そうしてたら、おじさんが一生懸命なだめてくれて、紫陽花ちゃんのいちばんかわいい姿を見せて、お父さんとお母さんを悔しがらせてやろうって。私きっとその言葉が気に入って、だったらめいっぱいかわいい格好するんだ、って気合い入れたんだ」

街には夕暮れが落ちていて、海を紅《あか》く照らしている。

とってもきれいな景色だけど眩《まぶ》しくて、わたしは手で顔にひさしを作った。

「それで撮ってもらったのが、あの写真なの。泣いたのとかも、お化粧でごまかしてもらってね。私って、昔はなんでもいちばんじゃなきゃ気が済まなくって、いっぱいワガママ言って、みんなを困らせちゃってたなあって思い出しちゃった」

紫陽花さんは舌を出す。

「真唯ちゃんにも、れなちゃんにも、ヘンなところばっかり見られている気がするよ」

「そうかな？」

「そうだよ、たぶん」

わたしの言葉に、紫陽花さんは含みをもたせたような笑みを浮かべた。

昨日きょうと、紫陽花さんはいろいろと見られて恥ずかしかったかもしれないけど、でも紫陽花さんのことをもっとよく知れたから、わたしは楽しかったな。

って、こっちの勝手な言い草だけどね。

わたしだって自分がめちゃくちゃ陰キャなところを見られて、紫陽花さんに『でもれなちゃんのことを知れてよかった』って笑顔で言われたら、腹を切る可能性あるし。

人は誰でも、本音ばっかりで生きたいわけじゃない。

あの真唯ですら、学校でのキャラを作っていることに気兼《きが》ねしつつも、それを止《や》められないほどなんだから、ほんと人間って複雑な生き物である。

で、旅館も見えてきた頃、その真唯が日傘を傾けながら思わせぶりに口を開く。

「ただ、きょうはまだ終わりじゃないだろう？」

「というと？」

真唯が押し黙る。すると、風に乗って聞こえてくるのは祭囃子《まつりばやし》。

どこかのお祭りの音？　あ、そういえば。

紫陽花さんも気づいた顔をした。すっかり忘れてたけど、きょう縁日《えんにち》があるんだった。

真唯がうなずく。

「そうとも、とても楽しみにしていたんだ。もちろん、行くだろう？」

「うん！」

紫陽花さんが元気よくうなずいて、わたしもそれに倣《なら》った。

でも、縁日かあ。

せっかくだから、ふたりの浴衣《ゆかた》姿が見たかったな……なんて、あまりにも贅沢な話なんだけどね。そんなの準備しているわけがないし。

「あ、もしかしたら近所で浴衣を借りられる店があったりするかな」

「どうだろ、旅館の人に聞いてみちゃう？」

「そ、そうですね。いいかもですね……」

紫陽花さんの浴衣姿を見るためなら、知らない人に話しかけるのだってがんばってみせようじゃないか……。今度こそ、真唯に頼らずな！

「ああ、それなんだが」

するとと真唯はあの笑みを浮かべた。

そう、『今度はどういう風に驚かせてあげようかな』という、対紗月さん用に生み出された純然たる善意の笑顔だ。

「すまない、もう用意してしまった」

「え？」


「ええええええ…………？」

わたしたちの隣の部屋。つまり、真唯が借りた部屋。

そこには、たくさんのハンガーラックが置いてあって、そして。

――ずらっと浴衣がかけられていた。

まるでレンタル浴衣屋の展示みたいだ……。

この行動には、さすがの紫陽花さんもドン引きして――。

「えーっ、真唯ちゃんすごーい！」

なかった。わー、と楽しそうに生地《きじ》を見て回ってる。順応してる⁉

「行きつけのホテルからレンタルしてきたものだ。終わったら返すだけだから、気にせずに選んでくれるといい」

「わ、これぜんぶタダってこと……？」

「そうだね。言ってしまえば……馴染みの店に通っていたら、食後にデザートをサービスしてもらったようなものかな」

「すごいなあ……そういう世界もあるんだなあ……じゃあ、お言葉に甘えてお借りしちゃうね、真唯ちゃん！」

「どうせならみんなで着たかったからね。ふふ、どういたしまして、だよ」

そのやり取りを眺めていたわたしは、わなわなと震えていた。

わたしは紫陽花さんと卓球勝負してまでワリカンにしたのに……真唯はもうスタート地点からしてぜんぜん違う……。

悔しがるのは、思い上がりも甚《はなは》だしいけど、でも、悔しい……！　わたしも五十兆円持っていたらよかったのに……！

「れな子も好きなものを選んでおくれ」

「ま、負けないからな、真唯……！　最終的に紫陽花さんの心を摑むのは、わたしだからな……！　こんなやり方で、勝ったと思うなよお……！」

真唯は寂しそうな顔をした。

「そうか……せっかくだから三人で浴衣を着て縁日に行きたかったのだが……君は、あまり喜んでくれなかったか……？」

「いやめちゃくちゃ嬉しいです！　紫陽花さんと真唯の浴衣姿！　楽しみだなー！」

いかんいかん。純粋にわたしたちのために行動してくれた真唯を罵《ののし》って、人型のクズになるところだった。去れ！　醜《みにく》き心よ！　消え去れー！

醜き心が消え失せたら、わたし自身もここで消滅してしまうんじゃないだろうか……というのはさておき、浴衣に目を向ける。フラットな気持ちでね！

色とりどりの生地がこうやって飾られているのを見ると、女子的にはやっぱりチョー胸が高鳴っちゃうよねー！（フラットな気持ち）

「どんなのがいいかなー」

こういうとき、わたしはだいたい自分が好きなものよりも、妹に似合いそうなものを選ぶことにしている。

姉妹で顔の造りが似てるし、ブルべ？　イエベ？　フランべ？　なんかそんなのも一緒みたいだし。そうすれば大きく外すことはないのだ。

ちなみにわたしの趣味は、その…………紫陽花さんに似合いそうな、かわいいものばかり。

ま、しょうがないよね！　だってわたしの理想の女の子って紫陽花さんだから！　ね！

なんか急にすっごい恥ずかしくなってきた。

早く浴衣選ぼっと……わたしの好みではなく、わたしに似合うやつを……。

「なにかお気に召すものはございますか？」

「おわっ」

びっくりする。ぜんぜん気づかなかった。気配を殺したスーツ姿の女性が、ハンガーラックの横に立っていた。

「は、花取《はなとり》さん」

まあ、そりゃそうだよね。真唯ひとりでこれだけの準備ができるはずないし。

「お久しぶりです。どうぞ私《わたくし》のことはお気になさらず」

澄まし顔の敏腕お手伝いさんは、前で手を組みつつ、小さく頭を下げる。相変わらずアンドロイドみたいに隙《すき》のない美人だ。

花取さんは、小声で。

「私も貴女《あなた》のことは、いないものとして扱いますので」

「えっ!?」

今なんかすごいこと言われなかった？

「いや、あの、それどういう……？」

「お気になさらず、毒虫」

「ねえ待って!?」

なんでわたし、真唯のお手伝いさんに毒虫扱いされているわけ!?

振り返ると、真唯は紫陽花さんと楽しそうに浴衣を選んでいる。じゃ、邪魔できねえ！

突如《とつじょ》として牙《きば》を剝《む》いた花取さんという強敵相手に、わたしは震えあがる。

「あの、わたし、なにかしました……？」

「いえ、特には」

「じゃあなんで毒虫って……いや、え？　花取さんって他人のことを誰でも毒虫って呼ぶタイプのお手伝いさんなんですか？」

「そんな人がまともに社会生活を送れるとは思えませんが」

怪訝《けげん》そうな顔をされた。

わかってるよ！　だったらなんで人のことをそんな蔑称《べっしょう》で呼ぶんだよ！

「前に紗月さんと一緒にお会いしたときは、丁寧《ていねい》な物腰のお姉さんだと思ったのに……」

真顔の花取さんが、ぴく、と反応した。

まさかこんなにアクが強い人だとは思わなかった……。いや、そういえば紗月さんをからかって遊んでたな。予兆はあった。

花取さんは視線を逸らしつつ、つぶやく。

「琴《こと》さまは、私《わたくし》どもの未来のご主人さまでもありますから、ね」

そのほんわかとした笑みは、花取さんの心からのもののように見えた。

……ん？　未来の、ご主人さま？

「それは、将来、大金持ちになった紗月さんに雇われる約束をしているってこと……です？」

危うくタメ口で話してしまいそうになり、取り繕《つくろ》う。

花取さんは口元に手を当てて、ぽっと頬を赤く染めた。

「いいえ、そうではありません。琴さまは、お嬢さまとご結婚されるんですよ」

「お前、まいさつ過激派か!?」

だからか！　だからこの人わたしに冷たいんだ!?

わたしが真唯に好かれてるから、わたしのことが邪魔なんだ！　でもそれ、わたしのせいじゃないじゃん!?

「ですから、花に集《たか》る毒虫さん、どの浴衣にしましょうか。こちらの、丈《たけ》が非常に短くパンツ丸出しになるようなミニ浴衣などはいかがですか？」

「着るわけないだろお！　明らかに幼児サイズのもの用意しておくんじゃないよ！」

わたしが叫ぶと、気づいた真唯がやってきた。

「どうしたんだい、れな子。浴衣が決まらないのかい？」

「ぐぐぐ」

　わたしは真唯に花取さんのことを告げ口しようと思ったが、ギリギリのギリギリギリギリで歯ぎしりをしつつ、思いとどまった。

「ちょ、ちょっと花取さんに、浴衣を選んでもらってて……！」

　花取さんは、紗月さんと真唯の成長をいちばん近くで見守ってきたひとりだろう。

　そんな彼女にとってわたしは、確かにポッと出の毒虫であることは間違いない。他にもっと言い方はあるだろうけどさあ！

「そうか、なるほど。花取の美的センスは、私もよく参考にさせてもらっている。花取。れな子を美しく飾り立ててくれよ」

「承知いたしました」

　恭《うやうや》しく一礼する花取さん。彼女はわたしのもとにやってくると、意外そうに口を開く。

「毒虫であることを、お認めになりましたか……。やはり目的は、財産……」

「そうじゃないんだよなあ！」

　いろいろと言いたいことは山ほどあるんだけど、とりあえずひとつだけ言わせてもらいたい。いやふたつ、言わせてもらいたい。

「わたしと真唯は恋人同士でもなんでもないし、わたしは真唯のお金が目当てで一緒にいるわけじゃありませんから……！」

「貴女の言い分はどうでもいいんですが」

まるで聞いてくれなかった。

彼女はまるで愛想のない、氷のような口調で告げてくる。

「お嬢さまは毎日お忙しい中で、たった一日だけ空いた休みを貴女のために使っていらっしゃるのですよ。その寛大なご厚意をどうぞ裏切らないでくださいね」

「う、裏切りって……」

だってそれは、言い方悪いけど、真唯が勝手にやっていることじゃん……。もちろん嬉しいけどさあ……。

ちらりと真唯の横顔を覗く。ファッションショーでのきらびやかな真唯の姿を思い出して、落ち着かない気分になってくる。言われなくてもわかってますっての……真唯が、わたしとは違う世界に生きている人間だっていうのは。

「でも、だからって、真唯を接待して褒《ほ》め殺しするとか、できませんから……。わたしは、あくまでも真唯の友達として、精一杯がんばるだけですし……」

「…………」

うっ……。なぜなにも言わない……!?

なんという圧力……。

冷たい眼差《まなざ》しに屈服して『すみませんワン！』と腹を見せちゃうのも時間の問題だったんだけど、その前に花取さんは近くにある浴衣を取った。

「では、こちらの浴衣はいかがですか？」

可憐な水色の浴衣。いかにも妹が好きそうな柄だった。

……どうやら真唯に頼まれたことは、ちゃんと実行しようとしてくれているみたいだ。

その見立ても間違いないようで、わたしは冷房の音にもかき消えそうな声で「じゃあそれでおねがいします……」と頭を下げた。

「では次は帯ですね。よろしければこちらの――」

ああ、胃が、胃が痛い……。


人生初の浴衣選びに加えて、人生初の着付け体験を済ませて（まるで鎧《よろい》を着せられているみたいだった）私は外へ出た。

ぐあっ、股が開けない。足元が下駄で落ち着かない。体の可動域が狭い……。

これが浴衣か……。メチャクチャかわいいけど、かわいさの裏にこんな努力が必要なものだったのか……。

しかもこれ、トイレ行きたくなったらどうするんだろ……？　うう、縁日ではあんまり飲み物買わないことにしよ……。

外はもうずいぶんと暗い。祭囃子の音は、さっきより大きくなっていた。

わたしはスマホと財布の入った巾着《きんちゃく》を右手に提げたまま、真唯と紫陽花さんを待つ。着付けができるのは花取さんだけだから、順番順番。

旅館の前で待っていると、通りがかった受付のおばちゃんが浴衣姿を褒めてくれた。

「あらあ、すっごい別嬪《べっぴん》さんになったこと」

「へへ、えへへ」

髪留めもいつものじゃなくて、ショート用の髪飾りを貸してもらったんですよ、へへ。

かわいいでしょこれ。いや、わたしじゃなくて。かわいいですよねー?

浴衣を着て非日常感をたっぷりと味わっているからか、おばちゃんとも緊張せずにお喋《しゃべ》りできた。やっぱり東京の子は違うわねえ、なんていっぱい褒められちゃった。へへへ。

そこで、れなちゃんー、という声がした。

「あっ、紫陽花さん、真唯──」

上げかけた手が、途中で止まった。

「ごめんね、遅くなっちゃって。髪も整えてもらっちゃったから」

「どうかな、れな子。私たちの浴衣姿、似合っているかな?」

似合っているなんてもんじゃない。

わたしは圧倒された。

紫陽花さんは紫のアジサイが描かれたかわいらしい白地の浴衣をまとっていた。歩くたびにかんざしにぶら下がった飾りが、軽やかに揺れる。

リボンのようにふわりと膨《ふく》らんだ帯は、花に止まる蝶みたいだった。紫陽花さんという本当に綺麗な花を彩《いろど》る素敵な浴衣だ。

真唯は対照的に、紅葉《もみじ》のように色鮮やかな緋《ひ》色の浴衣を着ていた。帯の巻き方も紫陽花さんとは違って、しっかりとギュッと締められている。凜《りん》という音が聞こえてきそうなほど、真唯の隙ひとつない完璧な美しさが表されていた。

ロングヘアのアレンジも三つ編みベースのハーフアップで、絢爛《けんらん》にまとまっている。ただ、そんななのに後ろ衿《えり》がちょっと引き下がっていて、そこから覗く肌色がとてつもない色気を醸《かも》し出していた。

ぽかんと口を開ける。わたしも、おばちゃんも。

「す、すっご……」

「ミケランジェロの芸術じゃないの……」

紫陽花さんと真唯がやってきて、わたしはさらに『ヤババ……』という気分になった。近くで見ると、髪型とかどうやっているのかわからないぐらい繊細で、華麗だ。これ、花取さんがやったの？　あの人、本職は美容師かなにか……？

にこっと紫陽花さんが笑う。

「れなちゃん、すっごく浴衣すてき、かわいい」

「えっ、あ、ありがと……」（か細い声）

「ね、私はどうかな？」

「と、とってもお似合いです……。天使……」

「えへへ、嬉しいな」

わたしを挟んで反対側、真唯が端整すぎる笑みを浮かべた。

「れな子、私はどうだい？」

「お、おきれいでございます……」（か細い声）

「ふふっ、ありがとう。とっても気分がいい。こんなにかわいらしい女の子たちと、一緒にお祭りを歩けるのだからな」

「ひゃぁ……」

紫陽花さんと真唯に挟まれたまま、わたしはおばちゃんに「行ってきます……」と頭を下げて、歩き出す。

後ろからぽつりと、声が聞こえてきた。

「……逆に、あの子って何者？」

わたしは、陽キャの群れに紛《まぎ》れて生きるカメレオンガール・甘織れな子です……。

坂道を上り、わたしたちは提灯《ちょうちん》の列が並ぶ通りを歩く。ようやく真唯と紫陽花さんの浴衣姿の衝撃も収まってきて、わたしは純粋にワクワクしてた。

近づくにつれて祭囃子の音が大きくなってくる。

「わあ」

角を曲がると、そこにはお祭りがあった。左右に様々な屋台がずらっと並んでいる。いったいなんのお祭りかまったくわからないけれど、めちゃくちゃお祭りだ。

夏休みだけあって、かなりの人出。家族連れやカップル、友達同士がそぞろ歩きしていて、そこには浴衣を着た人たちも多く交ざっていた。

わたしたちもその流れに加わって、屋台を見て回る。

「ねえねえ、あれなにかな」

「スーパーボールすくい？　面白そうだ、やってみよう」

「あれ、真唯って縁日は来たことがないの？」

「そうだね。こういうお祭りは夏休みに催《もよお》されることが多いだろう？　私の夏はほとんど海外にいたからね」

「ふふん、だったら駄菓子屋を案内してくれたお礼に、今度はわたしが縁日の楽しみ方を教えてあげるよ！　まずはスーパーボールすくいからだ！」

ま、実はわたしもたいして縁日に来たことはないんだけどね。家族で遊びに来てたのも、中学校に入るぐらいまでだったし。

けど、今はこのほうが面白そうだから、って理由でわたしは真唯の手を引いた。

その後ろを、楽しそうに紫陽花さんもついてくる。

当然ふたりは頼りない提灯の明かりですら輝きをごまかせないほどの超絶美少女なので、わたしは周りの視線を遮《さえぎ》るみたいにフォローしつつ……。

でもそんな瞬間すらも、ずっと楽しくて。

三人できゃいきゃいとはしゃぎながら、縁日を回った。

学校が始まったらまた違うんだろうけど、今だけは心から思える。

ずっとこの時間が続けばいいのになあ、って。

だってわたしが友達と縁日を回るなんて、それこそ陽キャそのものでさ。

まるっきり、あの日お布団の中で羨《うらや》んだ光景なんだもん。

「ねえ、次はたこ焼き食べようよ」

「あ、私はりんご飴《あめ》がいいなあ」

「なら私も綿菓子を買ってくるから、三人でシェアしようじゃないか」

賛成！　とわたしたちは微笑み合って、いったん散開する。

わたしはただ楽しくて。だから、その裏でどんなことがあったかなんて、ぜんぜん知らなかったんだ。

並んでたこ焼きを二パック買って戻ってきたら、そこには誰もいなかった。

あれっ、待ち合わせ場所どこだっけ!?

やばい！　浮かれすぎてぜんぜん覚えてない！　ここ!?　あそこ!?　どこ!?

いや、待て、落ち着こう。メッセージを飛ばすんだ。気づいてくれるだろう。気づいてくれるかな？　おろおろ……。

わたしは柱の陰でビニール袋を提げて、立ちすくむ。

迷子になったのが真唯と紫陽花さんだったら、百キロ先からでもその眩《まぶ》しさで見つけられるだろうけど、しかし、わたし……！

ああ、大丈夫かな、真唯と紫陽花さん。ヘンなやつらにちょっかい出されていないかな……。

いや、でもあのふたりが一緒にいるときに、誰が声をかけられるっていうの？

女の子同士だけど、よっぽどカップルに見えるよね。ふたり微笑み合ってたらもう、ふたりだけのまいあじ世界！　ってムードあるもんね。

そうか、だからわたしはここでひとり……。

寂しいな……。メッセージにも気づいてもらえないし……。

いや、わたしが寂しいってことはあのふたりも寂しいはず！　縁日の楽しみを教えてあげるって言ったんだ！　ちゃんと約束を守らなきゃ！

わたしは決意して、たこ焼きの冷めないうちにと、群衆に突撃をしていった。

＊＊＊　＊＊＊

甘織れな子が待ち合わせ場所を見失っていたその一方。

――少し遅くなったかな、とりんご飴を買ってきた紫陽花が戻ってくる。

すると、スーパーボールすくいの屋台の前、人だかりから少し離れた場所に綿菓子を持った真唯が佇《たたず》んでいた。

薄明かりに照らされた伏目がちな様子に、紫陽花はどきっとしてしまう。思わず見惚《みと》れるほどの、凄絶《せいぜつ》な美貌だ。

「おや、おかえり、紫陽花」

その上、真唯が微笑むと、途端に愛嬌《あいきょう》が溢《あふ》れ出すから、まるで魔法のようだ。

「え、えっと……れなちゃんは、まだかな」

「そのようだね。屋台が混んでいるのかもしれない。夜は長いんだ。気長に待つとしよう」

「そ、そだね」

りんご飴を持って、紫陽花は真唯の隣に立った。

ちらりと上目遣《うわめづか》いで真唯の様子を見やる。

「どうかしたかい？」

「あっ、ううん。なんかね、今、真唯ちゃんがすっごくきれいに見えて……。って、何言ってるんだろうね、私。真唯ちゃんはいっつもきれいなのに」

「浴衣姿だからかな。そう言う紫陽花だって、すばらしく似合っているよ。可憐さ」

「あ、ありがと……」

　真唯相手に緊張することは少なくなったので、こういう気持ちは久しぶりだ。高校入学したばかりの頃は、それなりに真唯の顔色を見ていた気がする。

　今ではもう、真唯の優しい人柄を十分に知っているから、近寄りがたいとは感じない。ただ、ふとした拍子《ひょうし》に真唯の魅力に当てられて、言葉に詰まってしまう。

「真唯ちゃんって、夏休みはずっと忙しいんだよね」

「ん、そうだね。今はママも日本にいるし、特にたくさん仕事が入っているよ。学校が始まるのが恋しいだなんて、学生としてあるまじき心境さ」

「うん……それなのに、私たちのために時間を使ってくれて、ありがとうね」

「どういたしまして。きょうは紫陽花のかわいい姿も、たくさん見れたしね」

「ま、真唯ちゃんってば」

　こういう言葉がするっと出てくるから、芦ケ谷《あしがや》のスパダリだなんて呼ばれて、いろんな人を勘違いさせてしまっている。罪な少女だ。

「みんなでお祭り来るの、楽しいね」

「そうだね」

「来年の夏は、紗月ちゃんや香穂ちゃんも一緒に、遊びに来たいな」

「それはとってもいいアイデアだ」

顔の見えない人々が行き交う通りを、紫陽花はぼんやりと見つめる。

まるで終わらないマジックアワーのような不思議な心地の中、真唯が問いかけてくる。

「家出旅行、だったか。もう大丈夫なのかい？」

「あ、うん。いろいろあったけど、大丈夫。れなちゃんが、一緒にいてくれたから」

「そうか」

真唯が優しい顔で微笑む。

「彼女は、不思議な女性だな。つらいときはそばにいて、寄り添ってくれる。私も今まで、何度も彼女に心を救われたよ」

「……うん。れなちゃんはほんとに、どうして私のためにこんなにしてくれるのかな、って思っちゃう」

だから舞い上がって、思い上がってしまいそうになるのだ。

真唯はくすりと笑う。

「それはもちろん、れな子が君のことを大好きだから、だろう」

「えっ、いや、そんな」

まるでれな子みたいにうろたえて、紫陽花は浴衣の衿を指でつまむ。

「や、やっぱりそうなのかな。そう見える、よね。なんだか、恥ずかしいな……」

お互いがお互いを必要とする、魔法少女のバディみたいなトクベツな関係のように。

いや、それなら恥ずかしがる必要なんてない。胸を張って仲が良いと言えるだろう。

だからこの気持ちはきっと、紫陽花が今まで仲良くしてきた、ただの友達に向ける類《たぐい》のものではないはずなのだ。

今までの誰とも違う、れな子と紫陽花だけの関係性。

それは、まるで――。

「ねえ、紫陽花」

そのときだった。

綿菓子で口元を隠しながら、真唯が鮮やかな声をあげた。

「私はね、れな子のことが好きなんだ」

その瞬間だけ、雑踏《ざっとう》の騒がしさもなにもかもが、紫陽花には届かなくなる。

「えっ？」

目を見開いた紫陽花の真ん中で、真唯は微笑んでいる。

「あの、それって」

問いかけは低俗で、まるで真唯の美しさを汚すみたいな気がして、紫陽花はほんのちょっとだけ後悔した。

それでも確かめたかった。

真唯は透明な笑みを浮かべている。

「恋愛感情として。私はれな子を愛しているんだ」

その言葉の響きは、真唯の美貌をさらに飾り立てるように、キラキラしていた。

紫陽花はいつもみたいに、ただ当たり障《さわ》りのない笑顔を見せる。

「そ、そうなんだ。急に言うから、びっくりしちゃった」

動悸《どうき》を鎮《しず》めようと、胸に手を当てる。

真唯が唐突なのは、今に始まったことではない。真唯は、いつだって鮮烈だった。

どこか現実感のない会話。平静を装《よそお》いながら、尋《たず》ねる。

「ええと……ふたりは、付き合っているの？」

「それなんだが、告白はしたんだが、まだはっきりとした返事をもらえていなくてね。残念なことに」

驚いた。真唯が先にれな子を好きになって、自分から告白したということに。それをれな子が保留しているということにも。

「そうなんだ……。れなちゃん、どうして迷って……」

「自分はまだ恋人を作るつもりがないそうだ。それも、時間の問題だとは思うけれどね」

真唯はまるで勝負の行方《ゆくえ》を楽しむ賭博師のように、喜色を浮かべる。

衝撃の波紋が少しずつ弱まってゆくと、紫陽花はれな子の気持ちも少し理解できるような気がしてきた。

なんといっても、あの真唯に告白されてしまったら、大変だ。自分が彼女と釣り合う存在なのか悩むことになるだろうし、それから先も努力する真唯に置いていかれないよう、一生がんばり続けなければならない。

特にれな子は、お互いが対等であることに、強いこだわりを抱いているようだし。手放しで喜んでもいられないのだろう。

ただ、もしかしたら、れな子ならいつか……と、思わされるなにかが、あの少女にはあった。

香穂や、あるいは紗月よりも。

卓球のとき必死にお金を払おうとしていたれな子を思い出して、紫陽花は微笑みながらも胸にちくりとした痛みを覚える。

「そっか……。れなちゃんに、真唯ちゃんが……」

ぜんぜん、まったく気づかなかった。なぜだか、服が黒い水を吸ったかのように重たくなって、頭がうまく回らない。自分が今、なにを思えばいいかもわからなくなる。

「えと……でも、どうして私にだけ、打ち明けてくれたの？　他のみんなは知らないよね。友達として信頼してくれているから……とか、かな？」

真唯は、ふぅ、とまるで緊張していたみたいに息をつく。

「れな子は、魅力的だろう」

「うん」

たまにヘンになっちゃうときもあるけれど、それも含めてれな子の魅力だと思う。

「だからね、もしかしたら、と思ったのさ」

「……なにが？」

真唯は一切ごまかさず、心の内を曝《さら》け出す。

「君も、同じ気持ちなのかもしれないってね」

その言葉は、強く浸透するように、紫陽花の心を打った。

「私、も……」

えー？　そう見えるかなー？　とごまかすように笑って時間稼《かせ》ぎをしようとして、しかし、紫陽花はうまく笑うことができなかった。

「私は」

自分がれな子のことをどう思っているのか。

本当にわからないのだ。

以前、彼女に告白のようなことを言われたときの、火花が散ったみたいな衝撃は、今もずっと紫陽花の胸に焼きついている。

そのせいで、一度ヒビの入ったスマホの画面がもう二度と元には戻らないように、紫陽花の世界は見え方が変わってしまった。

今だってれな子の笑顔を見ると、急に胸が苦しくなるときがある。

でも、だとしても。

「真唯ちゃん、私は」

自《みずか》らの気持ちを省《かえり》みるよりも先に、紫陽花は思い至ってしまう。

ただひとつだけ、確実なことがあって。

自分がれな子に恋をしていると告げれば、真唯は恋敵《こいがたき》になってしまう。

ただひとつしかないれな子の恋人という座をかけて、争うことに。

自分と真唯が張り合ったそのとき、れな子も含めた自分たち三人の関係がどうなってしまうか、紫陽花はあまり考えたくなかった。

エゴでひとりの人を取り合うなんて、いちばん苦手なこと。

そのとき自分は、誰も傷つけないための方法を、選んでしまうだろう。

だって。

こんな不確かな想いよりも、ずっと大切なものが、あるのだから。

「私は……みんなとの関係を、壊したくないなあ」

友達としてそばにいられるのなら、誰も悲しまずに済むのなら、それが皆の幸せなら――紫陽花はそう選択するべきだと思った。

たとえ、夏休み明けに、れな子の隣に立っているのが真唯だとしても。真唯とれな子が幸せなら、そのそばにいられる自分だって、幸せなはずなんだから。

今まで、そういう風に生きてきたのだから。

今さら変えることなんて、できない。

真唯はじっと、紫陽花を見つめている。

「そうか」

最後の決断を確認するみたいに、真唯はうなずいた。

「わかった」

「……っ」

紫陽花は思わず、ぎゅっと拳を握る。

焦燥感《しょうそうかん》が体の内側を焦《こ》がす。

だけどきっと、この気持ちなんて一過性で、今回の家出みたいにバカげたこと。

だから、いいんだ。

「……うん」

真唯とれな子が相思相愛になって付き合うのなら、それはとても素晴らしいことだ。

自分はふたりの幸せを、祝福しよう。

胸の痛みだって、すぐになにも感じなくなる。

紫陽花は、今にも癇癪を起こして駄々をこねてしまいそうになる自分の心を、丁寧にあやす。

七五三の頃のワガママだった小さな女の子は、額縁《がくぶち》に閉じ込められて、もうどこにもいない。

ここに立つのは、周りの人の幸せを第一に考えることのできる、高校一年生の立派な少女。

大人のお姉さんを目指す、明るくて、前向きで。

みんなから『天使』と呼んでもらえる――いい子なのだから。

うん。

にっこりと笑って、紫陽花は口を開く。

――ふたりのこと、応援するよ。

そう告げようとした、そのときだった。

ぱぁっと辺りが輝いた。

夜空に咲く、大輪の花火だ。

「あ」

ぴりぴりするような音が、肌を刺す。
真唯は微笑んでいた。
「きれいだね」
「……うん」
花火は熾烈《しれつ》に輝き、後になにも残すことはない。
ただ、人の心に刻まれるだけの火。
まるで恋のように。
(恋……)
胸の痛みが強くなる。
(どうして……違うのに)
紫陽花は、思わず夜空に向かって手を伸ばす。
指の隙間をこぼれるように、花火は空に散った。
声がした。

「あー、いたぁー！」

誰もが花火を見上げている中。

そこには、満面の笑みを浮かべた少女の姿があった。

こちらに大きく手を振ってくる。

「あっ」

花火が瞬《またた》くたびに、彼女の姿が映し出される。それはまるで一瞬一瞬を切り取る夏のカメラのように、焼きついて離れない。

片手をいっぱいに伸ばした、浴衣姿の女の子。

その姿に目を奪われて――紫陽花は口元を押さえた。

真唯に言われてもなお、ずっと、目を逸らしていた。

気づかないフリをしていた。

「れなちゃん――」

知らなかった。

とっくにこんなにも。

いい、れな子のことが好きだったなんて。


その瞳のファインダーに少女を映す紫陽花のことを、真唯は眩《まぶ》しいものを見るように目を細めて、眺めていた。

花火が咲いて、そして散る夏の夜だった。

＊＊＊　＊＊＊

わたしたち三人は花火を見て、それから旅館に戻ってきた。

道中、はぐれたりとか不意のトラブルはあったけれど……。

「ああー、楽しかったー！」

わたしは両手を広げて伸びをする。

浴衣から解き放たれた体は、自分のものじゃないみたいに軽い……！　まるで漫画にある強化ギプスみたいだ。これひょっとして丸一年浴衣を着て過ごしていたら、めちゃくちゃ強くなれるのでは？

「わたし、あんなに近くで花火を見たの初めてだった！」

「駄菓子屋、浴衣、花火……ふふ、初めて尽くしの夜だったね、れな子」

「う、うん。それは事実なんだけど、なんか言い方ヘンじゃなかった今……？」

「つまりれな子の初めてをいっぱい奪ってしまった、と」

「言い直すな言い直すな！　うっとりして頬に手を当てるな！」

まったく……。真唯、ほんとに紫陽花さんにわたしたちの関係を隠す気あるんだろうな……？　じーっと見つめるけど、真唯は涼しい顔。

「しかし、他に人がいない温泉は気持ちいいな」

そう言って、真唯はおもむろに服を脱いだ。

そう、きょうのわたしたちは大浴場にやってきていた。他に泊まっている人がいないみたいなので、こちらも実質の貸し切りである。大丈夫か？　この旅館。

一緒にお風呂に入るなんて、恥ずかしくてたまらない……なんて、ぷるぷる怯《おび》える甘織れな子は、ここにはいない。

一対一だと恥ずかしいけど、三人ならただの大浴場！　ぜんぜん平気！

自分でも、情緒《じょうちょ》がどうなっているのかぜんぜんわからない。平気なのだから仕方ない……。

「あれ、紫陽花さん、まだ脱いでないの？」

「えっ？　う、うん、今脱ぐ、脱ぐ……よ？」

いやそんな頬を赤らめてこっちを見つめられると、照れちゃいますが……。

「ど、どうぞ」

紫陽花さんの様子がおかしい。昨日はあんなにグイグイきてたのに、今は恥ずかしがっているのか、なかなか服を脱ごうとしない。

でもしょうがない。わかるよ同じ女として。いや紫陽花さん相手に同じ女とか言うな。紫陽花さんは天使だぞ。すみません。

謎の自分自身に怒られつつ、わたしはウンウンうなずいた。真唯が一緒だからね。この女の前で裸になることへの抵抗感はすごい。

ただ、同じ人類だと思うから、緊張するのであって。真唯はモデル星からやってきた宇宙人だと思えばいいんだよ。人間がゴリラの握力見て『うわ、負けた……』って本気で落ち込まないでしょ？　そういうこと。

「それじゃ、先にお風呂いってるねー」

「は、はぁい」

あんまり急《せ》かしても悪いので、わたしと真唯は大浴場へと入る。湯気に包まれながら、まずは洗い場へ。

「ずいぶんときょうは機嫌がいいね、れな子」

「えぇー？　そう見える？」

「見える見える。普段の君は今にも干《ひ》からびそうな顔をしているから」

「いや言いすぎでしょ!?　事実だとしても！」

わたしはお湯を出して、体を洗い流す。

「ずっと憧《あこが》れてたんだ。友達とこんな風に過ごすの。夢がまたひとつ叶《かな》ってしまった……」

「それはよかった」

「ほんと、真唯と知り合ってからの三ヶ月、すっごくあっという間に過ぎていっちゃう。真唯と一緒にいると、いろんな夢が叶っていくね」

「そうなんだ。実は、私はれな子の夢を叶えるためにやってきたんだ」

「えぇー？」

そんな調子のいいことを言われても、もしかしたら本当にそうなのかも、って思ってしまうぐらい、きょうのわたしは浮かれているのだ。

「だからね、君のずっと憧れていた将来の夢である『かわいいお嫁さん』も、私が叶えてあげようじゃないか」

「言ったことないわ！」

ごまかすようにシャンプーを取って、髪を洗う。

遅れてやってきた紫陽花さんは少し離れた洗い場に座って、ごしごしと体を洗っていた。真唯も紫陽花さんも髪が長いから、時間かかるんだろうなあ。

「先に湯船に浸《つ》かってるねー」

一足先に洗い終わったわたしは、大浴槽に沈み込む。

あぁ……声が出ちゃう。

きょうも坂道を上ったり下りたりしてたから、染《し》み渡るねぇ……。

濡れないようにタオルを頭に乗せていると、真唯に笑われた。むっ……。大浴場はこういう風にするのがマナーなんですー。

さらに紫陽花さんもやってきて、わたしたちは広い浴槽に固まって座る。はぁー、と誰が漏《も》らしたかわからないため息が、湯気と混ざり合う。

ひたすらに気持ちが安らいでゆく。

隣に人がいるっていうのに。

わたしはぽつりと口を開いた。

「ありがとね、ふたりとも」

「え?」

「なにがだい?」

「いや、えと」

友達としてふつうに遊んでくれているふたりに、わざわざ改めてお礼を申し上げるのはおかしなこととかもしれないけど……でも、わたしは言いたくなってしまった。

「なんかきょう一日、ずっとずっと、楽しかったから。だから……」

口元までお湯に沈んで、夢みたいな言葉を、泡とともに吐き出す。

「……わたし、これからも、ずっと、三人で遊んだりしたい」

わたしはそう言ってから。

ふたりの顔が、まともに見られなかった。

うぐっ……は、恥ずかしさがこみあげてくる……。しかし口に出した言葉は、もう既読済みなので、送信取消することができない……。

返事は真唯からだった。

「ああ、もちろんだよ。ずっと一緒にいて、死んでからも同じ墓に入ろう」

「いや怖いわ！」

今の一言で死ぬまでの人生設計を想像しないでほしい。いや、普段から思い描いているのか？　だったらやっぱりそれはそれで怖いよ！

しかし一方で、紫陽花さんは。

「あの、ごめんね。私ちょっと湯あたりしちゃったみたい。先にあがるね」

「あ、うん」

そう言って、ざぶんとお風呂を出ていってしまった。

え、これは……よっぽどわたしの発言が恥ずかしかったってことですか……？　なんかちょっとノリが違うんだよなあ、って呆《あき》れられたってこと？

正解を確認するみたいに、真唯に顔を向ける。真唯は肩をすくめた。

「紫陽花にも、いろいろと悩む時間が必要なんだろうね」

「えっ、なに？　ふたりになにかあったの？」

「うん、とてもあった」

「なにが⁉」

「それはヒミツさ」

口元に指を当てて微笑む真唯。ぬぐぐ。

気になるけど、もう一方の相手が紫陽花さんだから、無理に聞き出せない……！

モヤモヤしていると、真唯がわたしの手を握ってきた。

真唯は今、髪の毛をタオルでまとめている。だから、友達のハズ。

「な、なに？」

「なんでもないよ」

「でも、手……」

「うん」

いや、理由を聞いているんですが……。

「私はれな子を、愛しているよ」

「へゃっ⁉　きゅ、急になんですか⁉」

不意打ちでそんなことを言わないでほしい。ただでさえ、お風呂に入ってて脈拍《みゃくはく》が加速している っていうのに……。

「し、知ってますけど……」

「それでも、想いは何度も口に出さないと、伝わらないものだからね。特に君相手には」

「それはどのような……？」

「『自分なんて人に好かれるはずない』って、どこか思い込んでいるんだろう」

「ま、まあそりゃ……」

ただの事実だし……？

「やれやれ」

あっ、ため息をついてる！　傷つくやつだ！

「ぎゃ、逆に真唯がアグレッシブすぎるんだってば……。いつもいつも私の懐《ふところ》に潜《もぐ》り込んできて、気づけば押し倒してくるんだから……」

バウワウバウワウ、という大型犬に体当たりを食らわされているようだ。

「私は、他にほしいものが、ないから」

その言葉は一瞬、誰が言ったのかわからなくなるほどに、空虚だった。

「え？」

聞き返す。隣で真唯は、何事もなかったかのように微笑んでいた。

「こう見えても、誰彼構わず欲望を滾《たぎ》らせているわけじゃないんだよ。本当に好きな人だけに一途《いちず》なのさ、私は」

「う、うん……」

恥ずかしくて顔が赤くなっているだろうけど、でもお風呂の中だからきっとごまかせる。

真唯の白い肌もすっかりと赤みが差して、いつもよりなんだか色っぽい。うなじを伝う雫《しずく》が滑り落ちて、いけないものを見ているような気がしたわたしは目を逸らした。

「……ありがと」

「よし、結婚しようれな子。どうやらこないだ恋活パーティーを開いたことがママにバレてしまってね、プレッシャーをかけられているんだ。新しいフィアンセを連れていけば、ママもきっと安心するはずだから」

「しませんけど!? それ一から十までぜんぶ真唯の自業自得《じごうじとく》だよね!?」

「いやあ手厳しいなあ。どうか次は、君に私の夢を叶えてほしいのだけども」

「ま、ま、まだそんな先のことなんて考えられませんから！　ムリ！」

わたしは叫んでからも、真唯があまりにいつも通りだったから、つい笑ってしまった。

もしかしたら本当は答えなんて出さずに、曖昧《あいまい》なふわふわした楽しいだけの関係のまま、クラゲのように漂っていたいのかもしれない……なんて、さすがにそれはわたしにとって虫が良すぎる話なんだろうな。

でも少しだけ、あと少しだけ。

真唯と友達でもない、恋人でもない、れまフレとして、一緒に過ごしたいな、って思ったのだった。

わたしと紫陽花さんは同じ部屋。そして真唯は隣の部屋に花取さんと泊まるみたいだった。

「おやすみね、れなちゃん」

「あ、はい、おやすみなさい」

お風呂をあがった後。この日、紫陽花さんは昨日みたいにお喋《しゃべ》りをせず、すぐに横になった。

よっぽど疲れていたんだろうな。

わたしも目を閉じると、速攻で睡魔さんが遊びに来てくれた。

はあ、いい気持ち……。体がお布団と一体化していくみたい……。

旅行はきょうまで。明日は帰る日。最初はどうなることかと思った紫陽花さんのプチ家出旅行だったけど……うん、すっごく楽しかった。

お父さん、お母さん。わたしは夏休み、とってもいい思い出ができました。

＊＊＊

翌朝、まだ日も昇りきっていない明け方。

わたしがトイレに起きると、隣の部屋のドアが開く音がした。目をしょぼしょぼさせながら、寝間着姿のまま、紫陽花さんを起こさないようにこっそりとドアを開く。

すると、真唯と目が合った。

「おや、れな子。おはよう、早起きさんだね」

長い髪を下ろした真唯は完全装備で、小さなキャリーカートを引いていた。今すぐにでもどこかに出かけるような格好だ。

「おはよー……。なに？　どこいくの？」

「少し早めに東京に戻ろうと思ってね」

「おしごと？」

「ま、そうだね。なあに、君たちはチェックアウトの時間までゆっくりしているといい」

そっかぁ。大変だなあ。ほんとに一日しか休みがないんだなあ。

寝起きでまだ脳がうまく働かないけど。わたしはこくりとうなずいた。

「がんばってね、真唯」

「いってくるよ」

「うん」

真唯がわたしの頭をぽんぽんと撫でる。くすぐったくて目をつむる。

「なんだかこれ、私たち結婚したみたいじゃないか。お見送りありがとう、ダーリン」

「なにいって」

真唯がそっと顔を寄せてきた。

そよ風のような気軽さで、唇と唇が触れ合う。

「ちょ、ちょっと」

わたしは思わずのけぞった。久々だったから、油断してた。

「行ってらっしゃいのキスをありがとう。元気出たよ」

「もう、あんたってば」

ぺちっと二の腕を叩くと、真唯の肩越しに花取さんが見えた。花取さんは気難しそうな顔をしていらっしゃった。

「ピェッ！」

み、見られた！　見られたんですけど！

「君からもキスしてもらえたら、二倍元気が出るんだけどな」

「ちょ、調子に乗らないでください」

ぐいぐいと両肩を押す。

真唯はそれすらもなんだか楽しそうに、手を振って去っていった。

はぁ、はぁ……。まったく油断も隙もない……。

うう、人とキスをしているところをモロに見られるとか、さすがに体の奥から羞恥心《しゅうちしん》という名のマグマが噴火しそう……！　ぐううう。

違うんです、わたしはキスなどしていないんです、と言い訳をさせてもらいたい……。いや、したんだけど……ていうかされたんだけど……。

ていうかわたし、もはや真唯にキスされたことに対しては『耳をふーっとされた』とか『脇腹をつっつかれた』ぐらいの、このやろうって気持ちしか湧いてこないんだな……。

中指で唇をなぞる。

でも、まあ、久しぶりのキスでしたね……。甘かったような、柔らかかったような、いい匂いがしたような……。

ああもう、お部屋戻って二度寝だ、二度寝！

紫陽花さんがお布団の上に、身を起こしていた。

「はっ!?」

ドキドキドキドキ……。ま、まさかとは思うけど、見られていなかったよね……？

紫陽花さんはお人形さんみたいにぼーっとした顔で、こてんと首を傾《かし》げる。

「れなちゃん？　誰かと話してたの？」

セーフ！

「あっ、いや、あの……真唯が、真唯がね、一足先に東京に帰るって言ってね。朝からお仕事があるみたいで、大変だなーってね」

「そうなんだ」

「う、うん。わたしたちはもうちょっと寝ていようね」

「うんー」

紫陽花さんは再び横になった。ホッ……。

どうやら紫陽花さんは寝起きに弱いみたいだ。メモっておこう。いやなにがだ。

一気に肩の力が抜けて、あくびを嚙み殺す。わたしもお布団に潜り込む。

いやはや、紫陽花さんが隣で無防備な姿で寝ているっていうのに。二泊三日すると、わたしも慣れたもんだね……。

紫陽花さんが隣で無防備な姿で寝てるじゃん⁉　緊張してきた！


二度寝から覚めた後、わたしたちは荷物をまとめて旅館を出た。（もちろん宿泊費はワリカンで払った！　ありがとう紫陽花さん！）

旅館のおばちゃんは最後まで優しくしてくれて、また気が向いたら遊びにおいでと、しきりに別れを惜しんでくれた。

いやあ実際にあるんだね、こんな旅先の出会いみたいなやつ。

それもこれもぜんぶ、紫陽花さんがいてくれたから。

「そっか」

「うんー？」

駅のベンチに座って、並んで電車を待っている間。

わたしは不意に気づいた。

この二泊三日がずっと楽しかったのは、紫陽花さんと一緒だったからだ。いや、それは当たり前のことなんだけど……そういうことじゃなくて。

紫陽花さんと同じ目線で、紫陽花さんというフィルターを通して見る世界はほんとに優しくて、きっと、だからだろう。

わたしはこの世界でなら、前向きにがんばって生きていける気がしてたんだ。

情けない顔で、わたしは笑う。

「いや、紫陽花さんと一緒で、ほんとによかったなあ、って」

「そう？　それなら、よかった。私もれなちゃんと一緒で、楽しかったよ。もちろん、真唯ちゃんもね」

「へへへ」

これで無事、ミッション終了かな。

夏休み明けもちゃんと紫陽花さんは学校に来て、わたしとお喋りしてくれるし、ガングロギャルになって退学していくこともない。へへへ、わたしもけっこうやるじゃんか。

青空に、大きな雲が流れていた。

あ、そういえば紗月さんからもらった話題メモ、まだ一個残ってたんだった。

昨日は真唯が来てくれたから、開く必要もなかったもんな。よし、ついでだ。まだギリで旅の途中ってことで、ここで消化していこうっと。

話題を探さないと探さないとって焦っていた自分が、遥《はる》か昔のよう。ふふっ、わたしは実に成長してしまったね……。

まあ、三番目のやつがアレだったから、最後のもあんまり期待はしないでおこう……。どれどれ。


『瀬名に日頃の感謝を』


なるほど……。わたしは内心で静かにうなずいた。

紗月さんはキザで、かっこつけで、最後にこういうことをしてくる女……。

話題というよりも、かなり命令に近い内容だったんだけど、わたしはだからこそ紫陽花さんに素直な気持ちを伝えることができた。

「あのね、紫陽花さん」

「うん？」

「その……いつも、学校でお喋りしてくれて、ありがとうね」

「なぁに、それ」

紫陽花さんが笑う。

「いや、わたしってその、けっこう人見知りだったから、紫陽花さんが仲良くしてくれて助かったなあ、って。おかげで真唯グループでも浮かずに済んでるし」

「れなちゃん、最初、自分から真唯ちゃんに話しかけてなかった？」

「あれは、まあ……すごいがんばっただけなので……」

一度だけ目をつむって絶叫マシンに乗ったった、みたいなやつなんで……。

順風満帆《じゅんぷうまんぱん》な学校生活を送るためには、紫陽花さんの介添えなくしては成り立たなかった。

紫陽花さんは冗談みたいに思っているかもしれないけど、わたしは本気だからね。

これは人生のサビだから、これからも何度も言うけど、人の誘いを断れないっていうトラウマも、紫陽花さんのおかげで克服できたんだから。

「だから、今のわたしがあるのはぜったいに紫陽花さんパワーなので……」

「ふふっ、大げさだなあ」

「改めて、お礼を言わせてください。本当に、ありがとうございました」

頭を下げる。

紫陽花さんは小さな声で「どういたしまして」って言ってくれた。

わたしの勝手なお礼もちゃんと受け取ってくれる。やっぱり紫陽花さんは優しかった。

急行電車が通り過ぎるアナウンスが流れた。

次の電車はまだ来ない。

「私もね、その」

「うん？」

「れなちゃんに言おうかと迷っていることがあって」

しばらく、紫陽花さんはなにも言わなかった。

「あのね」

「……うん」

「れなちゃんのこと」

急行電車が目の前を通過する。


「────────」


髪を押さえて過ぎ去るのを待つ。

わたしは聞き返した。

「今、なにか言った？」

紫陽花さんは反対を向いたまま、ううん、と首を振った。

「なんでもないの」

「そ、そう？　え、なに？　大事な話じゃなくて？」

「うん」

こちらを見て、紫陽花さんがはにかむ。

「つまんない話」

それ以上、紫陽花さんがこの話題に触れることはなかった。

わたしたちは電車に乗って、東京へと向かう。

こうして、紫陽花さんとの二泊三日の家出旅行は、終わったのだった。

瀬名紫陽花のお話

第一章 だって友達のままがいいの

家出しようと我が家を飛び出して。リュックを背負った紫陽花《あじさい》は駅までの道を歩いていた。

ずっと、変わりたいって思っていた。

お父さんもお母さんも、紫陽花のことをいつでも労《いたわ》ってくれていた。自分たちの仕事が今忙しくて、弟の面倒を見ていてもらってすまない、と。

紫陽花に負担をかけていることを申し訳なさそうに謝る両親に、紫陽花は『大丈夫だよ。私がしたくてしていることだから』と言い張ってきた。

目立った反抗期もなく言うことを聞いてきた紫陽花のことを、両親はずっと『いい子』だと、褒《ほ》めそやしてくれた。

実際、弟の面倒を見るのは嫌いではないのだ。

もちろん人間だから、半ば義務で行っていると感じるときもあれば、弟たちがかわいくて仕方ないときもある。なにもかもうまくいかないときは、どうしようもなく手を焼く彼らを頭ごなしに叱《しか》りつけて、ひとり落ち込んで反省する夜だってある。

だから、今更だ。弟たちと喧嘩するのだって。

自分はいい子だから、すぐに謝って元通り。

それが瀬名《せな》家のあるべき姿で、瀬名家はそうやって円滑に回っている。誰かに押し付けられたわけでもなく、紫陽花は自《みずか》ら進んでいい子であることを選択し、自分のためにその役目を全《まっと》うしているに過ぎない。

弟が笑えば、自分も嬉しくて。忙しい両親がささやかな安らぎの時間を過ごせていると、お手伝いも報《むく》われた気がして。それこそが自分の幸せだと信じていられた。

ずっとそう、思っていたのだ。

ただそれだけで満足していたのに、いつから一歩を踏み出してみたいなんて思ってしまったのだろう。

夏休み前から胸に抱《かか》えていた思いは、強い衝動となって紫陽花を突き動かした。

弟のことは結局、きっかけに過ぎなくて。

あてもなく、漠然《ばくぜん》と『変わってみたい』だなんて、計画性のなさに思わず失笑が漏《も》れる。

みんなが寝静まっている朝早く。

紫陽花は準備しておいた大きなリュックを背負って、こっそりと家を出た。

駅へと向かう足取りは重く、自らを諌《いさ》める声が蟬《せみ》の代わりに鳴り響く。

わかっているのだ。バカなことをしていると。

これが正しいことではないのだと。

だから引き返して家に帰り、机の上に用意しておいた書き置きを処分すれば、それですべては帳消しで。未遂《みすい》に終わった家出のことも、明日にはおうちで『これでよかったんだ』と納得することだってできるはず。

駅まで行ったら帰ろう。

どこまでも『いい子』でしかない自分には、どうせ電車に乗るような思い切りなんて、ないのだから。

だから。

顔をあげて、そこにいるはずのない人物を見つけたときには、心からびっくりした。

駅にいたのは、友達だ。

先日迷惑をかけたばかりの彼女は、なんでもない顔をして、手を振ってきた。

一緒についていくと、言ってくれた。

(うそだ、そんなこと)

それがどれだけ嬉しかったか、心強かったか、きっと彼女は知らない。

(だって今の私は『いい子』じゃないのに、それなのに――)

れな子は笑って「一緒にいこう」と言ってくれた。

断るべきだったのだ。こんなことに巻き込むべきではない、と。

だけど、あまりにも嬉しくて。

彼女となら、どこへでも行ける気がした。

まるで、背中に羽が生えた気分だった。

れな子の笑顔は——自分を導く天使のように見えた。

感極まって抱きしめた彼女の体は熱くて、なによりも愛《いと》おしくて。

「ありがとうね、れなちゃん」

「は、はい……」

泣きだしそうな目を強くつむって、紫陽花は。

自分は女の子で、れな子も女の子で、だから本当は、おかしいのかもしれないけれど。

（ああ、私は、れなちゃんのことを——）

この胸の高ぶりが恋なんだって、ほんとは最初から気づいていたのだった。

第四章　夏休みがもう終わる！　ムリ！

「どうしようどうしようどうしよう……」

紫陽花《あじさい》さんが青い顔で胸を押さえながら、浅い呼吸を繰り返す。

「緊張してきちゃった……」

一大事だ……！

わたしは内心、巣箱をシェイクされたハムスターみたいになりながらも、せめて表面上だけは落ち着いたフリをがんばって、紫陽花さんを励ます。

「大丈夫だよ！　ぜんぜん大丈夫！　だって紫陽花さんだよ!?　そんなの許すに決まってるよ！　紫陽花さんはなにやっても懲役六万年《ちょうえき》までは無罪だから！」

だいたい、家族を不幸な目を遭《あ》わせた度で言えば、わたしのほうが遥《はる》かに先輩だし。中学校で引きこもって迷惑かけっぱなしだったたんだよ。……って言ったらリアルに心配されそうだから言わないけど！

わたしたちは、電車の中、隣り合って座っていた。

もう少しで紫陽花さんちの最寄《もよ》り駅に到着する。

前もって連絡しておいたようで、お母さんと一緒に弟さんたちも迎えに来るみたい。

それで、紫陽花さんは顔を合わせるのを怖がっている、というわけだ。

「だって、二日間もほったらかしにしちゃったし、みんなに迷惑かけちゃったし……。どうしよう、みんな不良になってたら！　髪を金髪に染めてピアスつけて体にタトゥー彫っちゃってたら……」

「たった三日間で!?」

わたしはぎゅっと紫陽花さんの手を握った。末端が冷えている！

「だ、大丈夫だってば……。みんな紫陽花さんがいなくても、悠々自適に生きているよ……。あっ、いや、そういう意味じゃなくて、紫陽花さんは一家の大黒柱だったけどね！　だから帰りを一日千秋《いちじつせんしゅう》の思いで待っていて……いや、ええと、その！」

だめだ、慰《なぐさ》めるのが絶望的に下手《へた》すぎる！

なにをどうあがいたところで、わたしに紫陽花さんの心は救えない……。

「せめて、心配ならわたしも一緒についていくから……。ね、ね」

「うう、れなちゃぁん」

弱った紫陽花さんが、よろよろの笑顔で手を握り返してくる。

う、うわ……かわいい……。紫陽花さんにはいつまでも弱っていてほしい。そして永遠にわたしだけを頼って、依存《いぞん》してほしい……。わたしが守ってあげるからね紫陽花ちゃん……。

弱ってほしくない！　紫陽花さんはいつもニコニコ明るく元気でかわいいのがいいの！

パッパッパッと妄想を手で振り払う。わたしが己《おのれ》の悪《あ》しき心と聖魔戦争を繰り広げている間に、電車は駅に到着した。

心の準備はまだなにもできていなかったけれど！　わたしたちはホームに降りる。

ああ、東京だ。

ちょっとの間、離れていただけなのに、久しぶりの気持ちになってしまう。風に海の匂《にお》いも混じっていないし、坂まみれでもないわたしたちの地元だ。てか暑いな！

「ええと、だ、大丈夫？　紫陽花さん、歩ける？」

「うん、うん……。がんばるぅ……」

紫陽花さんががんばってる……がんばって歩いている……二足歩行できてかわいい……。

リュックを背負ったわたしたちは、階段を上って駅の改札方面へ。

果たして、紫陽花さんの家族は、家出した紫陽花さんにどんな言葉をかけるのか。

仲直りするなら、それがいちばん。

ここでもし、紫陽花さんをむやみに糾弾《きゅうだん》するようだったらそのときは……わ、わたしは、また紫陽花さんを連れ去ることも辞さないぞ！

もう旅行代はないから、今度はわたしのおうちにね！

えっ、おうちに紫陽花さんを連れ帰ってくるの……？　軟禁するみたいに、わたしの部屋に紫陽花さんを閉じ込めて……？

帰ったら、紫陽花さんがわたしの部屋でちょこんと待っててくれているの？　わたしとゲームしてくれて、おはようからおやすみまで一緒なの？

『ね、れなちゃん。きょうはなにして遊ぼっか。えへへ、なんでもいいんだよ。私には、れなちゃんしかいないから……』って言ってくれるの？　共依存関係なの？

それはえっちすぎる……いや、わたしは紫陽花さんをそういう目では見ないんですが……。

待って、わたしは紫陽花さんが家族と仲直りしなければいいって思ってんの!?　やめろよ！己の私利私欲のために紫陽花さんの不幸を願うな！　地獄に落ちるぞ！

昼過ぎの空《す》いた駅。葛藤《かっとう》しながら歩いていると、見えてきた。

改札の向こう側に、小さな男の子がふたりと、すらりとした綺麗な女性が立っている。紫陽花さんのお母さんだ。若い……優しそうな、美人ママ……！

そのとき、隣を歩いていた紫陽花さんが前に進み出た。あっあっ。

紫陽花さんは、そのまま小走りで改札を抜けて、家族の元へと駆けていって。

弟さんたちを、両腕に抱きしめる。

ここからではなにを話しているかはわからないけれど……。わたしはその光景を、改札越しに見送っていた。

弟さんたちも、きっと寂《さび》しかったんだろう。久しぶりに会うお姉ちゃんを、ぎゅ～っと抱きしめていた。

なんか……わたしがあそこに加わるのは場違いな気がして、立ち止まる。

でも、うん。

あの家族の姿を見ると、わたしが心配することはなんにもなかったんだな、って思う。

だって当たり前じゃん、紫陽花さんの家族なんだよ。そりゃ、いい人たちに決まってる。

わたしは固く握りしめていたリュックのショルダーストラップから手を離して、ようやく、ほっと息をついた。

二泊三日の家出旅行は、これでほんとのほんとにおしまい、ってこと、だよね。

さて……わたしも帰ろっかな。

背を向けたその直後。

「れなちゃんー！」

改札の向こうから、大きな声。

振り返るわたしに、紫陽花さんは手を大きく振ってくれた。

弱っている姿も庇護欲《ひごよく》を誘うたまらないものがあったけど、やっぱり、紫陽花さんは笑顔がいちばんだ。

「ほんとうに、ありがとうねー！」

胸にぐっと、熱いものがこみ上げてくる。

紫陽花さんのお役に立てたんだ。

わたしも笑みを浮かべて、ピースサインを返す。

「うんっ」

今度こそ、わたしと紫陽花さんの旅は、真の決着を迎えたのであった。

ハッピーエンド！　完！

＊＊＊

そして――。

わたしはおうちに帰ってくるなり、リビングのソファーに横になっていた。

「ふえー…………」

おうち、最高に落ち着く……。

旅は、そりゃ最高に楽しかったけどね。紫陽花さんと一緒だったから、乗り切れたけどね。

その大いなる代償として、メンタルポイントがクジラ三頭分ぐらい消費されちゃったね……。

これは一週間や二週間じゃ完治しないかもしれない……。

「うわ、お姉ちゃんだ。なんかいつも外から帰ってくるたびに死んでない？」

部活帰りらしい制服姿の妹が、リビングにやってくる。

あれ、もう夕方？　わたしここで何時間も横になってた？

まあそういうこともあるか……。納得し、再び虚無になろうとしていたところで、眼前に手を突き出された。ん？

「なに？」

「お土産《みやげ》はー？」

「いや、ないよ。お金なかったし」

「うーわー」

なにそのうめき声……。なんでそんな軽蔑するような目を向けてくるの……。

やはりこいつ、血の繋《つな》がった偽者《にせもの》の妹か……？

でも、わたしの血の繋がらない本物の妹は、今頃きっと数日ぶりの家族との団らんを楽しんでいるだろうから、偽者で我慢しないと……。

妹はソファーに寝そべっていたわたしの足をどさっと床に下ろし、隣に座る。なにすんだ。

「で、楽しかった？」

「まあ、そりゃ紫陽花さんがずっと一緒だったからね。あとから真唯《まい》も来たし」

「……ふーん」

そっけない返事がどことなくわざとらしくて、わたしは引っかかった。

おっ。

ひょっとして、紫陽花さんの弟さんたちみたいに、こいつも寂しかったのか？

姉のわたしがいなくて、家にひとりぼっち。寂寥感《せきりょうかん》に苛《さいな》まれていたんだな。しょうがない、純正陽キャは独りに耐えられないからな。（偏見）

普段、ないがしろにしている姉のありがたみをたっぷりと思い知ったか？　ン、ン？

「ふっふふふ」

身を起こして、妹に両腕を広げた。ほら、お姉ちゃんが抱きしめてあげるよ。

「安心するといいよ、これからしばらくお姉ちゃんはおうちにいてあげるから。ン？　一緒にゲームするかい？　寂しかったんだろ？　ンン？」

「キモ」

……………。

陰キャにぜったい言ってはいけないその二文字を、どうしてお前は簡単に口に出せるんだ？人の気持ちに寄り添う機能を落っことして生まれてきたのか？

紫陽花さんという『仁徳』そのものとしばらく一緒にいたから、これが世間の冷たさなのかと、お姉ちゃんはびっくりだよ。世間こわい。

あーあ、と妹は細く長い足をはしたなくテーブルに乗せて、ソファーにもたれかかった。パンツ見えてるぞ。

「友達と旅行とか、高校生はいいなー」

「え？　ああ、うん。なんだそっちか……」

寂しがっていたんじゃなくて、わたしを羨《うらや》んでいただけか。いや、妹に羨ましがられるのは気持ちいいから、これはこれで悪くない気分なんだけど。

「高校生なんてすぐだよ、すぐ。ま、その前に受験っていう関門があるけどね」

「知ってるけど。なんで人生の先輩みたいな顔してるの？」

「人生の先輩だからかなあ！」

こいつ本当にわたしを舐《な》め腐っている。いつか思い知らせてやりたい。わたしだけの実力で、そのうち……。

「あとさ、お姉ちゃん」

「んだよー」

「お姉ちゃんが急に旅行とかして出かけて、お母さんかなりピリピリしてたから、謝っておいたほうがいいと思うよ」

「ひとりじゃ怖いからフォローしてほしいなあ遥奈《はるな》ちゃん！」

猫撫《ねこな》で声をあげながら、妹にすがりつく。

「せめて手土産のひとつでも私に買ってきてくれたら、快《こころよ》く協力してあげたのに……ほーんと立ち回り下手だよねー、お姉ちゃん」

「頼む〜〜〜！」

しばらくこの姉妹の関係が逆転することは、ありえなさそうであった……。

その後わたしは、勝手な行動によって心配をかけてしまったことをお母さんにちゃんと謝って、許してもらえた。

寿命が縮んだよ……。お母さんはわたしがどんなに引きこもってゲーム三昧《ざんまい》でも滅多《めった》に怒ったりしないけど、人様に迷惑をかけたり、危ないことをするとすごい怒るからな……。怒るとお母さんこわいからな……。

ちゃんと今回はそういうんじゃないんですよって説明する機会を与えてくれてありがとうございます……。妹も、助けてくれてありがとうな……。

それともうひとつ。

紫陽花さんから、メッセージが届いていた。

改めてお礼をしたいので、また今度おうちに伺《うかが》います、って。

わたしはそんな大それたことはしてないつもりなんだけど、でも紫陽花さんが感謝したくなるぐらいには役に立ったってことで、純粋に嬉しかった。

紫陽花さんにも会いたかったし、もちろんオッケー。ただ、ＭＰが回復するまではしばらく待ってほしいけどね！

家出旅行の事後処理みたいな毎日は過ぎてゆき、わたしはすっかり日常に帰ってきた。

涼しい冷房を効かせながら、朝から夜までゲームをする日々だ。あまりにも肌に馴染《なじ》む。たまにはちゃんと宿題もやってるよ。

わたしやっぱりゲームくんのこと、好きぃ……離れられないよぉ……。

はー。最近のFPSは終わりがないから、ソフト一本あればいつまでもアップデートを重ねて楽しめるからね。貯金なんてやっぱりいらなかったんだ！

おうち、最高――！


――で、月並みな言葉だけど。

わたしは、こんな日々がずっと続いていくものだと思っていた。

一大イベント『高校デビュー』は無事に成功して、わたしの人生はすっかり軌道に乗った。

そう、言うなればわたしは成功のレールを走る電車の乗客になったのだ。

まるで異世界転生した主人公が、順風満帆《じゅんぷうまんぱん》なチート生活を送っちゃうみたいに、わたしにはもうなんの心配もいらなくて。

夏休みが終わって、学校が始まっても。真唯グループに所属したわたしは、自分の立ち位置を気にしつつ、みんなとずっと楽しくやっていくんだろうな、って。

わたしは凹《へこ》んだり、失敗したりしながらも、それなりに大人になっていって、二年生になる頃にはクラスでも一目《いちもく》置かれるような存在になっちゃったりしてさ。

なんて。

心のどこかでそんな楽観視をしていたんだ。

でも、違った。

陽キャになるっていうことは──あの日に夢見た理想の自分になるっていうことは──ただクラス内でのポジションを手に入れるってことじゃなくて、周りの人とこれからも誠心誠意、積極的に関《かか》わっていくことなんだって。

これからも何度も何度も何度も自分の無力さを突きつけられて。

そのたびに死ぬほど悩んで、もがいて、あがいて。

泣きながらでも前に進んでいかなきゃいけないんだってことを。

わたしは、ちっとも理解していなかった。

進んでしまった時計の針は、夏休みの前には、もう戻らないんだ。

＊＊＊

旅行から一週間が経《た》った。

ぴんぽーん、とチャイムが鳴る。

来た！

わたしは部屋を飛び出して、玄関へと向かう。

本日はなんと、紫陽花さんが我が家を訪れるハッピーデーだ。

玄関の前に立って、息を整える。ゼェハァ言いながら紫陽花さんを迎えるのは、さすがに不審人物だからね。

まあ、紫陽花さんが来るっていう前日からお部屋の掃除をしたり、髪の毛一本逃さぬようコロコロをしたり、午前中からそわそわしてメイクをしたり落としたりメイクをしたりのわたしが、果たして不審人物ではないかというと、そこは審議の余地があるだろうけどね。

よし。ドアを開く。

思わず『やあ』と手を振ってくる真唯のピカーという笑顔を幻視してしまったのだけど。

そこにいたのは紛《まぎ》れもなく、微笑む紫陽花さんだった。

「こんにちは」

菓子箱を提《さ》げた、旅行ぶりの紫陽花さんだ。

「こ、こんにちは！」

ん〜〜〜〜、かわいい！　きょうも百点満点中、五億点！

家族と洋ゲー特有の濃い顔のキャラクターしか見ていなかったわたしにとって、紫陽花さんは目に毒だ。こんなキャラがダウンロードコンテンツで配信されたら、ゲーム機本体より高いお値段でも買っちゃうよわたし。

「てか、言ってくれたら駅まで迎えに行ったのに」

「んー、でもだいたい覚えてたから、大丈夫だよ。暑い外をわざわざ歩かせちゃうのもね」

優しい……もう、好き……。

わたしが目をハートマークにしていると、リビングからきょうたまたま休みのお母さんがやってきた。げ。

「あら……れな子の、お友達さん？」

「はい、先日は失礼しました」

紫陽花さんは、ぺこりと音が聞こえてきそうなほど、正しく丁重《ていちょう》に腰を折る。

「私の旅行に、れな子さんを巻き込んでしまって」

「あなたが、そう……ええ……？」

お母さんは紫陽花さんを上から下まで眺めて、怪訝《けげん》そうな顔をした。

ちなみに家出旅行と言うとまたややこしいことになりそうなので、わたしはお母さんに旅行とだけ説明をしていた。紫陽花さんもわたしの意図を汲《く》んでくれたみたい。

しかし、やばい。

わたしが怒られるのはまだしも（嫌だけど！）、紫陽花さんが怒られているところは見たくない……。勝手に旅行なんか出かけて！　と声を荒らげていたお母さんが、またも再臨してしまうのではないかと怯《おび》えていると。

「うーん、そう……。あなたにもなにか事情はあったんだと思うけれど……今度からせめて一言断りは入れてね。心配しちゃうから」

「はい、ご迷惑をおかけしました。こちらはつまらないものですが、うちの近所に売っているフルーツタルトです。もしよろしければ」

「あらまあ、ご丁寧にありがとうございます。これからもれな子のことを、よろしくねえ」

「はい、それはもちろん」

和《なご》やかに話が終わった！

あ、あれ……？　お母さん、わたしへの信頼度とだいぶ違うな？　そりゃ紫陽花さんは、背中に『優等生！』っていうのぼりを立てて歩いているような美少女だけど……。

お母さんも温厚な顔で「女の子だけで旅行なんて、なにかあったら危ないんだからね。どうしても行きたいんだったら、家族旅行に友達呼んだっていいんだから」とか言いだす始末。

う、うん……。それは恥ずかしいからヤだけど、とりあえず紫陽花さんが怒られなくてよかった。持つべきものは立派な友達……。

隣にお母さんがいて気まずいので、わたしはとりあえず紫陽花さんを誘う。

「え、ええっと、立ち話もなんなので……わたしの部屋、いこっか？」

「ううん」

するとと紫陽花さんは微笑みを浮かべたまま、首を横に振った。

「きょうはちょっと立ち寄っただけだから、これでお暇《いとま》するね」

「あ……そうなの？」

「うん、次はまた学校でね。れなちゃん、ばいばい」

もう一度きれいに頭を下げて、紫陽花さんが回れ右をする。

えっ……こんなにあっけなく？

紫陽花さんの香りが遠ざかってゆく。

わたしは慌《あわ》ててサンダルを履《は》いて、紫陽花さんの後を追った。

「ま、待って紫陽花さん！　せめて駅まで送るよ！」

「ふふ、大丈夫なのに」

「いやあ……でも、せっかく来てくれたんだから……その、ちょっとぐらいはお喋《しゃべ》りしたいなあ、って……」

わたしは恥ずかしいことを恥ずかしそうに口に出す。うう、これじゃ紫陽花さんに甘えているみたいじゃん……。

けど、旅行中にたっぷりと濃厚な紫陽花さん成分を摂取してしまったわたしは、あの程度の接触ではまったく物足りないのだ。紫陽花さん依存症になってしまったのかもしれない。手が、手が震える……！

「ふふふ、いいよ、れなちゃん。駅までなにをお喋りしよっか」

優しく微笑んでくれる紫陽花さんに、えーとえーと、と頭を悩ませる。

「あ、そうだ。弟さんたちとは、仲直りできた？」

「うん、もうばっちりだよ。っていうか、怒られたことも忘れて、すっかりいつもの調子。ほんっとぜんぜんなんにも懲《こ》りないんだから」

「あはは……」

それからわたしは、夏休みの宿題のことや、最近遊んでいるゲームのことなどを話した。

紫陽花さんはわたしの言葉に笑って、相槌《あいづち》を打って、話を広げてくれて、これわたしばっかりが楽しんでいるんじゃないか!?　っていつもなら疑心暗鬼に陥《おちい》るところだけど。

でも、ふたりの旅行で、紫陽花さんはわたしとの時間を楽しんでくれているんだってちゃんとわかったから、前より必死にならなくてもよくなったんだ。

だけど、楽しい時間はあっという間に過ぎてゆく。

駅までの道のりは、体感五秒ぐらい。毎朝の通学もこれぐらいならいいのに！

「あ、もう駅だ……」

「うん、送ってくれてありがとうね、れなちゃん」

「はい、あの」

わたしは紫陽花さんを上目遣《うわめづか》いに見やる。

「また、学校でも……その、よろしくね」

「うん」

紫陽花さんは微笑んでくれている。

すべてを受け入れるみたいに、優しく。

だからわたしも、ついついその笑顔に甘えて、さらに恥ずかしい台詞《せりふ》を重ねてしまう。

「あ、あのさ。紫陽花さん前に言ってたよね。おうちにいるときも、たまにわたしのことを考えてくれている、って」

「え？」

真昼の駅前で、わたしはうつむきながら言う。

「わたしもね、たまに紫陽花さんのこと、考えたりするんだよ。今なにをしているのかな、とか。この問題、紫陽花さんも時間かかったのかな、とか。あとは、また弟くんたちとケンカしてないかなー、とか」

これ、電話ならまだしも、面と向かってだと思った以上に恥ずかしいな！

今さらやっぱ今のナシって引っ込めたら挙動不審もいいところだから、勇気をかき集めるしかない……。わたしはがんばって、最後まで口にする。

「だから、その……もし、またなにかあったら、なんでも言ってね。紫陽花さんは自分のつらいとことか、見せたくないかもだけど……。わたしは、大丈夫だから。言ってくれたほうが、むしろ、嬉しいっていうか」

わざわざお詫びにお菓子まで買ってきてくれた紫陽花さんの罪悪感を、ほんの少しでも軽くしたくて、言ってみた。

あっ、だ、大丈夫かな、これ。『早く辛《つら》い目に遭ってね』みたいに聞こえないかな。言葉足りなくないかな。

ようするに、紫陽花さんのことを大切な友達だと思っている、ってことなんだけど……。

言いたいこと、伝わったかな……？　と、わたしは紫陽花さんの様子を窺《うかが》う。

紫陽花さんは少し目を伏せて、それから。

「うん、ありがと、れなちゃん」

そう、いつもみたいに微笑んで。

ぽろっと、瞳から涙をこぼした。


「あ、紫陽花さん!?」

「え？　あ、あれ？」

紫陽花さんは驚いた顔で、落涙《らくるい》を手のひらに受けとめる。

「なんで、だろ？　あれ、おかしいな」

泣く紫陽花さんを見て、わたしの頭が真っ白になる。

な、なんで……？

どうしたの？　えっ、な、なに？　紫陽花さんが泣いてる……！

わたしはひたすらにおろおろしながら、ハッと気づいて慌ててポケットからティッシュを取り出して、紫陽花さんに突き出す。

「ご、ごめんね、れなちゃん」

ティッシュを目元に当てた紫陽花さんは、しかしそれからもしばらく、涙が止まらないみたいだった。

なんで……なんで……？

胸が痛い。

わたしは紫陽花さんが注目を集めないように、その細い肩に手を当てて、道の隅っこに寄せる。……でも、できるのはそれぐらいだった。

よっぽど情けない顔をしてしまっていたんだろう。紫陽花さんは顔を押さえたまま、ふるふると首を横に振る。

「違うの。ごめん、ごめんね、れなちゃん」

なにがあったの？　紫陽花さん……。

どうして泣いているの……？

紫陽花さんは泣き続けた。

「ごめんね」

わたしはなにも言えず、そんな紫陽花さんを眺めているだけだった。

温かなふたりだけの世界は、まるで氷の上に立っていて。楽しいだけだったはずが、ある日突然、ドボンと冷たい水の中に沈んでしまったような、そんな心地がした。


それから、泣き止《や》んだ紫陽花さんはしきりに何度も「ごめんね」と言いながら、電車に乗って帰っていった。

どうしたのって聞いても、紫陽花さんは答えてくれなくて。もちろん無理矢理に聞き出すことなんてできるわけもなくて。

結局、わたしはぜんぜん気にしてないよってへらへら笑っているだけで、紫陽花さんがなにに対して謝っているのかもわからないまま。

ただ歯がゆい思いを抱えて、紫陽花さんの乗った電車を、帰りの踏切で見送った。

なにかあったのかな、紫陽花さん……。

なにもないのに、あんな風に泣くわけないだろうし……。

いや、メンタル不安定侍《ふあんていざむらい》のわたしならありえるかもしれないけれど……。でも、どんなときだって自分で自分の機嫌を取れそうな紫陽花さんだ。よっぽどのことがあったに違いない。

気になる……。でも、余計なことなのかな……。首を突っ込まないほうがいいのかなあ。

わたしは家にまっすぐ帰る気も起きなくて、近くにある公園で、手持ち無沙汰《ぶさた》にスマホを眺めていた。

うーん、うーん……。やっぱり気になる。

紫陽花さんを問い詰めるような真似はしたくないけど、でも、真唯ならどうだろう。

旅行のときに、真唯は大浴場で意味深《いみしん》なことを言っていたし。なにかわかることがあるのかもしれない。

よし。聞くだけ、聞いてみよう。

それでなにも知らなかったりしたら、それとなく紫陽花さんにメッセージを送ることにしよう。それとなく？　それとなくってなんだ……？　どうやるんだ……？

わたしは真唯に、苦手な電話をかけた。電話じゃなくてメッセージでよかったんじゃん！

と後悔したのは三秒後だった。

でもかけてすぐ切るのも印象良くないだろうし！　わたしは漕《こ》ぎ出した後悔の大海原（後悔と航海をかけている最高にうまいやつ）の中で、せめて真唯が出ないことを祈った。

出た。

『もしもし、れな子かい？』

「あっ、はい」

『君からかけてくるなんて、珍しいな』

出たか……。

緊張するけど、出てくれた以上は、ちゃんと会話するより他ない……。

わたしは公園のブランコに座って、口を開く。

「あの、実は」

『ふむ、そうか。寂しくて、私の声が聞きたくなったと』

「違う！」

『では、寂しくてキミの声が聞きたかった私のために、かけてきてくれたと？　嬉しいな』

「それも違う！」

ハッ。真唯を気分よくさせるためなら、そこは肯定しておいたほうがよかったのでは？　ついツッコミを優先してしまった。

うぐぐ。紫陽花さん相手ならいくらでも素直になれるのに……どうして真唯にはこれっぽっちのことが言えないのか。

だが、すべては大天使である紫陽花さんのためだ。仕方ない。

根性で絞り出す。

「じ、実はそうなんです…………真唯の声が聞きたくて…………！」

『なるほど。それで、本題は？』

「わたしが恥ずかしい気持ちを抑えてノってあげたのに、そっちがかわすのかよー！」

電話の向こうで真唯が笑っていた。そりゃわたしのことなんてなにもかもお見通しですよね!?　このやろー！

「実は！　紫陽花さんのことなんだけど！　さっき軽く顔を合わせたら、やっぱりまだちょっと元気がないみたいで！」

『ふむ』

ため息をつく。

「それで……真唯がなにか、知っていないかなーって思って、電話しました……」

『なるほどね。まあ、そんなことだろうと思ったさ』

「思っておきながらワンクッション置いてわたしをからかうところが、実に真唯ですね……」

『すまない、私の悪い癖《くせ》だね……。れな子があまりにも隙《すき》だらけで無防備なかわいさを振りまいてくるなんて、いつものことなのに……』

「それまた反省するフリして、わたしのことおちょくってんだろう!? なあー!?」

真唯はまた楽しそうに笑って、話を戻した。

『紫陽花のことなら、心当たりはあるよ』

「さすが真唯! 真唯はなんでも知っている! アカシックレコードにアクセス可能な女!」

『ただ、それを君に教えるつもりはないね』

「なんで!? 意地悪だ!」

わたしは猛反発した。

『いや、意地悪しているつもりはないんだけども……』

がちで戸惑《とまど》っている雰囲気が伝わってきたので、わたしは調子に乗った。

「じゃあどうしたら教えてくれるの!?」

『どうしたら、とは? 君は私になにをしてくれるつもりなんだい?』

「えっ……えっ?」

しまった、踏み込みすぎた。カウンターだ。

真唯の余裕ある雰囲気を感じて、わたしは言いよどむ。ぐぐぐ。

しかし、紫陽花さんのためなら……。

真唯にお金は通用しない。代わりに宿題をしてあげたり、ゲームのレベル上げをしてあげるって言っても、真唯は興味ないだろう。

だったら、わたしが差し出せる中で、真唯にとって最も価値のあるものといったら……。

もうあれしかない……。

ごくり。生唾《なまつば》を飲み込んで、わたしはわたしの体を売った。

「ほ、ほっぺにちゅー、とか……！」

わたしの一大決心に、真唯の反応は。

『……ああ、うん、なるほど』

「待って！　今、小学生か？　って思ったでしょ！　違うの、今のはあくまでも体験版のアーリーアクセスだから！　製品版はすごいから！」

『どうすごいのかな？』

完全に面白がっている真唯に、わたしは公園で蚊の鳴くような声をあげる。

「き、キス……してあげる……」

もう、どうしようもなく恥を忍んで言ったつもりだったのに、真唯は平然としていた。

『いつもしているが』

「ううううう」

恥ずかしさで、血の涙を流すかと思った。

もはやこれは、わたしが紫陽花さんのためにどこまで魂を捧《ささ》げられるのか、という話になってきたな……。

「じゃ、じゃあわかった……。特別だよ……！」

『結婚してくれるのか？』

「代償に支払うのがわたしの人生ってどういうこと!?」

『いや、そういう雰囲気を感じたから、つい』

真唯の戯言《たわごと》に惑わされず、わたしは粛々《しゆくしゆく》と手持ちのジョーカーを切る。

「ま、前に欲望をふたりでいろいろとノートに書いたでしょ……」

『もちろん覚えているよ。いつかふたりで全部叶《かな》えようねって約束したね』

覚えてねーじゃねーか！　と叫びだしそうな声を自重《じちよう》する。真唯のペースに引きずられないように、引き込まれないように……。

わたしは熱くなってゆく頰を自覚しながらも、澄ました声で告げた。

「あ、あのノートの内容……なんでもひとつ、していいから……さ」

電話の向こう。真唯が息を吞む気配がした。

夏風が、蟬《せみ》の声の響く公園を薙《な》いでゆく。

『……なんでもひとつ』

「……はい」

神妙にうなずく。

真唯の書いたやつをわたしはむしろ積極的に忘れてしまったので、よく覚えていないんだけど、なんかとんでもないものも含まれていた気がする……。

この無茶苦茶な申し出に、欲望の塊《かたまり》である真唯はというと。

『なるほど……それは、私の理性を崩壊させるのに足る、十分な提案だね』

「では、その……」

空いている予定を聞こうとしたわたしに、真唯がきっぱりと言った。

『でもだめだ』

「なんでえええ!?」

わたしからこれ以上の条件は引き出せないよ!?　交渉っていうのは、相手がギリギリ可能なラインを見極めないとだめなんだぞ!?

『というか、その、すまない。君が悪いというわけではなく……私はもともと、誰かにこのことを話すつもりはなかったんだ』

「なん、だって……」

結局、教えてくれないいんじゃん！

「うう、ひどい……。真唯がわたしの純情を玩具《おもちゃ》にしたー……。しくしくしく……」

『す、すまない』

「真唯は最初から言うつもりもないのに、わたしをからかって、ほくそ笑んでいたんだー……。

えーん、えーん、あんまりだようー……」

『ごめんなさい』

　このまま小一時間ぐらい、真唯の良心をチクチクと責め立ててやろうかと思ったけど、適当なところで切り上げる。

　いくら真唯がわたしの泣き落としと色仕掛けに弱いとはいえ、あまり多用すると、わたしがどんどんと真唯好みの女に変質してしまいかねないのでね……。

　わたしのことはいいんだよ！　今は紫陽花さんのことだよ！

　気を取り直して、真唯が告げてくる。

『紫陽花の抱《かか》えている問題はね、紫陽花自身が決着をつけるべきことなんだ。君はおろか、私にも手伝えることはなにもないんだよ』

「そ、そうなの？」

『ああ、歯がゆいけれどね』

　真唯はほんとに、なにもかも知っているみたいだ。

　紫陽花さんの涙がフラッシュバックして、わたしは声のトーンを落とす。

「で、でも……ほんとに、なにもできないの？」

『そうさ。特に、君はね』

「……」

素直に『はいそうですか』とは言い難《がた》い。

だけど、デリケートな問題に興味本位で触れたら、紫陽花さんを傷つけてしまうかもしれない。それは、嫌だ。

引きこもっていたわたしは、親にどんな優しい言葉をかけてもらっても、なにひとつ受け入れられず、ただ自分の世界に閉じこもっていた。

ひとりぼっちの部屋から出ることができたのは、わたし自身がドアを開いたからだ。

外の世界ではいろんな人が手を貸してくれて、助けてくれて、居場所を作ってくれた。それでわたしは本当に救われたんだけど。

でも、最初のきっかけはやっぱり、他でもない、自分がドアを押し開けられるかどうか。それだけなんだ。

だから、今は待つしかないんだって、真唯は言いたいんだと思う。

「……そう、なんだ」

乱暴にドアをノックして、紫陽花さんを怖がらせるわけにはいけない。それがなによりも逆効果だって、他ならぬわたし自身が一番よく知っているはずなんだから。

けど。

わたしは弱々しい声をあげた。

「だったらそれって、わたしに、関係あることなの……？」

真唯の返事が、わずかに遅れた。

『……そうだ。けど、君のせいじゃないよ』

「でも……」

真唯はきっぱりと言い切った。

『誰のせいでもない。これに関しては、本当に仕方のないことなんだ。……まるで、ある日突然、空から女の子が落ちてくるような、そんな、誰にでも起こりうる突拍子《とっぴょうし》もない話なのさ』

もし真唯が言ったのでなければ、わたしは自分が紫陽花さんにしでかしてしまったことを考えて、いつまでも自分を責め続けたのかもしれない。

「……わかった」

小さく、うなずく。

ため息をついて、空《から》元気を振り絞る。

「わたしがくよくよしていると、紫陽花さんが余計に気にしちゃう、ってことだよね。うん、わかった。あんまり、考えすぎないようにするね」

ほんとはぜんぜん納得できてないし、今すぐ紫陽花さんちのドアを叩きたい気分だったけど、わたしは無理矢理にでも聞き分け良くうなずいた。

紫陽花さんがわたしのせいで泣いちゃったなんて、真正面から受け止めたら、心という心が粉々にすり潰《つぶ》されかねない話だし、それに……。

いろいろと教えてくれた真唯《ともだち》を困らせたいわけじゃないから。

真唯がほっと息をついた。

『よかった。私のために、ありがとう』

って、せっかくがんばって飲み込んだのに、なんでそうやってわたしの言葉の裏をしっかりと読み取っちゃうのか……。こいつめ……。

そんなんだからモテモテになるんだよ、あんたは。

「……ただ、ひとつ聞いていい？」

『なんだい』

わたしは公園の前を歩く人を見送りながら、頼りなく問いかける。

「紫陽花さん、大丈夫かな」

『さて、どうだろうね』

真唯もまた、自分自身に言い聞かせるみたいに、言った。

『でもね、新しいなにかを手にしたいと一度でも願ってしまったら、それはもう呪いのようなものなんだ。どうにかするためには、自分から一歩を踏み出すしかないんだよ。君にならわかるだろう？』

……そういう話、なの？

だったら、それは。

わたしには、わかる。

遠すぎる光に憧《あこが》れて、手を伸ばしてしまったわたしだから。

「……うん」

静かにこくんとうなずいた。

もしなにか悩んでいることがあって、勇気が出ないんだったら、わたしは紫陽花さんにエールを送りたい。

それでたとえ間違っちゃって、失敗しても、大丈夫だよ、って。

こんなわたしじゃ頼りないかもしれないけれどさ。

わたしが独りじゃなかったみたいに、紫陽花さんにもわたしがいるんだよ、って。

だって、紫陽花さんはわたしの大切な、とっても大切な——。

友達、だもん。

瀬名紫陽花のお話

第四章　ちゃんと届けるね、私の気持ち

Friends? Lovers?


高校一年生の夏が、過ぎてゆく。

代わり映《ば》えのしない毎日の中、時間だけがあった。

瀬名紫陽花《せなあじさい》は、早めに夏休みの宿題を終えたり、普段なら面倒でなかなか手が出せない複雑な料理のレパートリーを増やしてみたり、放置していた難しいアクションゲームを独力でクリアーしたり。

丁寧《ていねい》に、時を刻んでいった。

あれからあれな子とは、連絡を取っていない。

突然、泣いてしまったことがあまりにも恥ずかしくて、今でも思い出しては身悶《みもだ》える。

果たして、学校が始まって冷静に顔を合わせることができるのかどうか……。

ただ、そのときはそのときだ。これぐらいで登校拒否するわけにもいかないし、人生はなるようにしかならないんだと、半ば諦《あきら》めてもいる。

気持ちの決着はついた……と思う。たぶん。

やはり時間は、すべてを解決してくれる万能薬だった。

覚悟を決めたからだろうか。不思議なほどに、日々が緩《ゆる》やかに流れてゆく。

まるで、カーテンコールにも似た、優しい日々だった。


夏休みも終わりに近づいたある日のこと。

ぼんやりと窓の外を眺めていた紫陽花を、女子の声が現実へと引き戻す。

「会長、会長～」

「え？」

そこはファミレスのテーブルで、自分も含めて四人の女子高生が席についている。

彼女たちは別々の高校に進学した中学校時代の友人だ。弟の世話で遊びの誘いを断り続けてしまっていた自分に、何度も懲《こ》りずに声をかけてくれた。辛抱《しんぼう》強く、ありがたい方々である。

「会長はどう？　高校生活、いい感じ？」

隣の子が当然とばかりにうなずく。

「そりゃあ、会長がぼっちになってるとことか、ぜんぜん想像できないし」

紫陽花は困り顔で笑う。

「もう中学校卒業したんだから、会長じゃないよー」

彼女たちは顔を見合わせて。

「そう言われても、会長は会長だしねえ」

「だったら、なんだろうね。紫陽花……ちゃん？」

「違和感ー！」

ひとりが手を叩いて笑う。

「えー、そこまでー？」

紫陽花は中学二年生から生徒会長に就任し、その後は皆から『会長』と呼ばれて過ごした。今でも、同じ中学から進学してきた子は男女問わず、紫陽花のことを会長と呼ぶ。

しみじみと、思い出話に花が咲く。

「やっぱ絶大な人気があったからねえ、会長は」

「うちらの代のアイドル……むしろ、伝説的な？」

「卒業してからも、語り継がれているらしいしね。瀬名会長の武勇伝！」

「あはは……」

乾いた笑みを浮かべて、紫陽花はアイスティーに刺さったストローに口をつけた。

三人が語る『いかに紫陽花が素晴らしい人物だったか！』評には、かなりの脚色が含まれていて、ひとつひとつ突っ込んでいったら、キリがなさそうだ。

「会長の代の生徒会、ほんとすごかったよねえ」

「みんなから頼られてさ。困ったことがあったら、なんでも会長に聞きに行ってたもんね」

「そういえば体育館の使用スケジュールについて揉《も》めたときもさ――」

他の人が面倒がってやりたがらないことも、紫陽花にとっては苦でもなんでもなかったというだけの話だ。ぜんぜん大したことじゃない。

そうして毎日コツコツと働いていただけなのに、気がつけばあちこちで仕切りを頼まれるようになっていったのは、かなり予想外だったけれど。

「ねえねえ、会長って高校でも生徒会に入るの？」

「ん～」

芦ケ谷《あしがや》高校の生徒会は、夏休み明けに生徒会選挙が始まり、そこで生徒会メンバーの追加募集が開始される……という情報だけは、仕入れていた。

なぜか隣の子が笑いながら答える。

「そりゃ入るでしょ。瀬名会長が生徒会入りしないとか、もったいなさすぎじゃん。この世界には、適材適所って言葉があるんだよ」

「でもねー、今はまだちょっと、悩んでて」

すると、びっくりされた。

「そうなんだ!?」

「部活とか始めたの？」

「家族のこと？」

「そういうわけじゃないんだけどー」

ただなんとなく、生徒会は中学時代にやりきったからいいかな、と思っていただけだ。あれ以上がんばろうとすると、たぶんいろんなことに支障が出てしまうだろうから。

曖昧《あいまい》な態度の紫陽花を見て、向かいの少女が色めき立つ。

「あっ、わかった！　彼氏ができたんだ！」

彼女の言葉で、残りふたりが吹き出した。

「会長に彼氏!?」

「誰に告白されても、決して首を縦《たて》に振らなかった会長にスキャンダルが!?」

「ね、いったいどんな人なの!?」

「えっ、えっ」

紫陽花の顔が赤らんでゆく。

「ち、違うよ。彼氏なんて、そんな」

手をパタパタと振る紫陽花をよそに、三人はまたも勝手に盛り上がっている。

「会長に彼氏ができたら、中学校の連絡網で回さなきゃね……」

「ここら一帯で失恋パーティーが開かれそう……」

「私たちも出席しようね……」

「そ、そんなんじゃなくて……」

彼女たちは大げさに言っているだけだ。中学校で告白された回数なんてそんな……ほんの少し人より多かったかな、というぐらいだ。

「でも、気になる人はいるんでしょ？」

「だって、ほら、赤くなってる。会長かわいい～！」

「ええー……？」

頬に手を当ててると、彼女たちはまんまとほくそ笑んだ。

「そ、そういうんじゃないんだけど……。なんだろうね、でも、私からは好きって言ったりはしない、かな？」

「えっ、どうして!?」

「大丈夫、会長がその美貌で迫れば、どんなやつだってイチコロだよ！」

いや、そういうことでもなく……。

紫陽花は眉を下げて笑う。

「あんまり、お行儀のいいことじゃないから」

三人はピンときた顔をした。

顔を見合わせて、ささやき合う。

「それってもしかして……」

「学校教師……」

「不倫……」

「えっ、えっ？」

紫陽花が目を白黒させている間に、彼女たちは一致団結した。

「会長のことは応援したいけど……ダメだと思うよ、そういうのは」

「そうだよ、会長が不幸になっちゃうよ……」

「そんないい加減な人と付き合うのは、やめたほうがいい！　ただでさえ年上男性とのただれた恋愛が似合いそうなんだから、会長は！」

「ち、ちがうってば！」

こればっかりははっきりと否定するのだけど、三人はもはや聞いておらず。紫陽花の彼氏は自分たちが四者面談してちゃんと判断しなければ、と真剣に話し合っている。

紫陽花は、ふぅと息をついて、窓の外に目を向けた。

やめたほうがいい、か。

急に核心を衝《つ》かれたような気になって、紫陽花はひとりの少女を心に思い浮かべていた。

大丈夫だ、ちゃんとわかっている。

もともと恋愛に向かない性格だという自覚はあったのだ。人のことばかり気にするから。

自分が間に割って入らなければ、余計な揉め事は起きない。

これまでどおり、みんなで一緒にいられる。

（そうするべきだって、決めたから）

れな子と家出旅行から帰ってきたあの日、あの駅で、ちゃんと。

今度こそ、いい子になるんだって。

紫陽花は会話の切れ間に、笑顔を差し込む。

「大丈夫だから、みんな、心配してくれてありがとうね」

紫陽花が言うと、友人たちはようやく納得してくれて、次の話題に移ってゆく。

やがて時間が来て、紫陽花たちは席を立つ。

旧友との近況報告会はただ楽しいだけで、悲しい思いも苦しい思いもなくて、あっという間に過ぎ去っていった。

その帰り道の、出来事だった。


ファミレスを出ると、むわりとした熱気が体にまとわりつく。けれどここ最近の不快指数は耐えられるほどに収まっていた。今年は、秋がやってくるのが早いのかもしれない。まだ日の高い空を見上げながら、そう思う。

駅へと向かっている最中《さなか》、ひとりがなにかを見つけて声をあげた。

「あれ、なんだろ、あの人だかり。ね、ね、撮影っぽくない？」

なんとなく寄っていくと、どうやらカメラ撮影が行われているようだった。この辺りは昔からよく街角スナップに使われているので、時々こうして芸能人の姿を見かける。

友人たちはきゃいきゃいとはしゃぐ。

「ウソ、ひょっとしてあれ」

「ええー!? 王塚真唯《おうづかまい》じゃん!?」

紫陽花は目を見張った。

たくさんのスタッフと見物人に囲まれた、クラスメイトの姿があった。

いや……今の彼女にクラスメイトの面影《おもかげ》はなかった。そこに立つのは、ひとりの立派な自立したモデル、王塚真唯だ。休憩中のようで、辺りに笑顔を振りまいている。

後ろで友人たちが話している。

「うわー……やっぱり、本物はすごいなあ」

「オーラが違うっていうか、やっぱりトクベツだよね」

「私も王塚真唯の顔に生まれていたらなー」

そう言って、笑い合っている。

ああ本当にきれいだなあ、と紫陽花も思う。

少し前ならきっと、なんの疑問ももたずに友達の輪に入れていただろう。

でも、もう紫陽花は、知ってしまったから。

自分は、彼女みたいにはなれない、と。

真唯やれな子の生きる世界を祝福するだけの、天使《キューピッド》にしか。
どこかで、声がする。
――本当に？
それは内側から響く、閉じ込めたはずの想い。
私は。
じくじくと痛む胸に手を当てた、その直後。
真唯と目が合った。
「あ」
その青い瞳に見つめられ、急に息ができなくなる。
鮮烈な声が、一瞬で蘇《よみがえ》る。

『――れな子のことが好きなんだ』

そう言った真唯の、あまりにも美しい表情はキラキラしていて――。
紫陽花は目を奪われた。
ばーんと、まるで花火が夜空に咲くみたいに。
あの日あの夜、縁日《えんにち》に置き去りにしてきた心が、動き出す。

れな子が好きなんだと言ってくれた真唯に、本当は。

——本当は。

気づけば紫陽花は、輪の中に踏み出していた。

今度こそ誰の力も借りることなく、ひとりで。

「真唯ちゃん」

ギャラリーがざわめいた。紫陽花の姿を見て誰かが『あれもモデルさんかな?』と噂《うわさ》する。『かわいい～』と褒《ほ》めそやす。友達が『ちょ、ちょっと会長?』と引き止める。それらすべてが、紫陽花の耳には届かない。

クラスメイトの姿を見た真唯が、微笑を深くする。

「やあ、紫陽花。奇遇だね。声をかけてくれて嬉しいよ」

「真唯ちゃん、私は」

紫陽花はまるで叱《しか》られた子供のような顔をして。

そんな紫陽花に、真唯は小さく頭を傾けて、ふわりと微笑む。

「言ってごらん、紫陽花」

大勢に見守られながらふたりは、ふたりだけの世界を共有していた。

「私は」

あの日の続きを。

ただ待つ真唯に。

紫陽花は、切実に告げた。


「私も……れなちゃんが、好き」


絞り出した言葉に、紫陽花の全身からぐったりと力が抜けてゆく。

少しの間、真唯は黙り込んで、それから空を見上げた。

釣られるように、紫陽花も薄暮の混じり始めた広大な青を瞳に映す。

真唯が尋《たず》ねてくる。

「紫陽花、この後は少し、時間があるかい？」

「……あ、うん、きょうは大丈夫だけど」

「そうか」

微笑む真唯が、紫陽花を艶《あで》やかに誘う。

「なら、付き合ってくれないかな？」

淑《しと》やかなカーテンコールにひとつ、そうではない音が混ざり始めた。

衆目《しゆうもく》の前で大胆な行動をしてしまったことに対して、紫陽花はじゃっかんの後悔と緊張を抱えていた。

日が落ちた後、紫陽花は真唯と電車に乗り、都内の水族館にやってきていた。

買ったチケットを握りしめて、紫陽花は真唯の後ろをついていく。トンネルのような暗がりを歩く自分の足取りは、まるで迷子の少女のようだ。

友人たちに『真唯ちゃんと出かけるから』と直球で言い放ったときには、やはりきゃいきゃいと騒がれてしまったし。

『会長と王塚真唯って、知り合いなの!?』

『そういえば同じ芦ケ谷高校だった!』

『あの、私たちも一緒についていっていいですか!?』

そんな彼女たちの言葉を、真唯は微笑みひとつでかわしていた。

『すまない。ふたりだけで大事な話があってね。少し借りてゆくよ。紫陽花は私の大事な友人なんだ。これからも彼女のことを頼むよ』

そうお願いされて、さらに食い下がる子はいなかった。

角を曲がると、ぱっと視界が開ける。

一面にゆったりとした海が広がっていた。

少し先をゆく真唯が、水槽の前で立ち止まる。

「水族館にはね、たまにひとりで来るんだ」

「そうなんだ」

「ああ、辺りが薄暗いからね。誰かが人の顔を覗《のぞ》き込んでくるということもない。なんだか本当の意味でひとりになれる気がして、落ち着くんだ」

紫陽花が、真唯の隣に並ぶ。

「……なんかちょっと、わかるかも」

真唯が微笑みかけてくる。

「どうだい、手でも繋《つな》ぐかい？」

「デートみたいだね」

「ふふっ、芸能人王塚真唯のお忍びデート。その恋人はまさか、同じクラスの美少女だった、ってところかな」

その言い方が面白くて、緊張していた紫陽花もちょっとだけ、笑ってしまった。

真唯の手が伸びてくる。紫陽花の小さな手を包み込むように握ってきた。温かい。

手を繋ぎながら館内を遊覧していると、真唯との心の距離が縮まったような錯覚をしてしまう。

「私じゃ、真唯ちゃんとは釣り合わないよ」

「それはれな子にも、よく言われているな」

「みんな、そう思っちゃうのかも」

紫陽花は笑う。どこか吹っ切れたような笑みだった。

「お仕事中の真唯ちゃん、とってもきれいで、こんな人に好きって言われたら、誰だって真唯ちゃんのことを好きになっちゃうよね」

「そうだと、よかったのだけどね」

ひときわ大きな水槽の前で立ち止まる。

アクリルガラスに映るふたりの少女は手を繋いでいて、とても親しげに見えた。

「れなちゃんは、いい子だよね」

「そうだね」

「真唯ちゃんがれなちゃんを、幸せにしてくれるのかな」

大きな魚が、悠然と目の前を横切ってゆく。

真唯は紫陽花の言葉を、そのままには受け取らなかった。

「もちろんそうしたいのはやまやまなのだけど、彼女は自分自身の力で幸せになることが好きみたいなんだ」

「自分の力で」

「そうさ。なかなかどうして。私は私のほうが彼女を幸せにしてみせると言い張っているのだが、戦況はまだ五分五分といったところだね」

「すごいね、れなちゃん。強いなあ」

　あの王塚真唯と対等に張り合える人間なんて、芦ケ谷以外にもそう多くはないだろう。

「紫陽花」

「うん」

「私は、君のことが好きだよ」

　これにはさすがに、びっくりした。

「真唯ちゃんって、ええっ、そういう意味じゃないよね……？」

「もちろん、友達としてだ」

「そ、そうだよね。慌《あわ》てちゃった……。私とれなちゃんで、今度は真唯ちゃんを取り合うことになるのかなって想像しちゃった……」

　真唯はくすりと笑う。わかっていて紫陽花を驚かせてきたのかもしれない。

「だからね、君の願いも叶《かな》ってほしいんだ。私は君のことが、好きだから」

「それは、でも」

　紫陽花は瞳を揺らす。

「私だって、真唯ちゃんのことが好きなんだよ」

「なるほど、両想いだったたか」

「……ふふっ、だったら嬉しいな」

紫陽花は真唯に、感謝しているのだ。

あのままでは閉じ込めることしかできなかった想いを、真唯がいたから、打ち明けられた。

それでもう、つっかえていた胸の痛みは小さくなって、紫陽花の苦しさは和《やわ》らいだから。これぐらいなら、ずっと我慢していられるだろうから。

ぜんぶ真唯のおかげだ。

だから、ただありがとうと、紫陽花は真唯に伝えたくて、それだけで。だったのに。

真唯は微笑む。

「でも、大丈夫だ、紫陽花」

海よりも深い瞳が、紫陽花を見つめる。

「君は優しいから、私に遠慮してしまっているんだろう。でもね、そんなものは必要ない。その想いは伝えるべきなんだよ」

「……でも、そんなことをしたら」

「私は困らない」

真唯は言い切った。

「想いを抱《かか》えて生きる紫陽花が、つらそうにしているのを見るほうが、よっぽどたまらない。これはきっと、れな子も同じ気持ちのはずだよ」

握った手に、ほんの少し力がこもる。

「困らないって、どうして」

「なぜなら」

真唯が笑う。

「れな子は必ず、最後には私を選ぶからさ」


ああ、と紫陽花は真唯を見上げる。

今まで真唯のことをなにも知らなかったのかもしれない、とさえ紫陽花は思ってしまった。

かっこいいなあ、真唯ちゃんは。

人の心は移ろいやすく、一日先の好きに保証なんてなにもない。だから真唯だって不安になったり。れな子と紫陽花が一緒に旅行に出かけたと知ったら、慌てて追いかけてきたり。ふたりの部屋が同室だと聞いたら、あんなに狼狽《うろた》えたりするのだ。

真唯は自分と同じ、ただひとりの恋する小さな女の子だから。

なのに彼女は今、胸を張って。

紫陽花を安心させるためだけに、一切の躊躇《ちゅうちょ》なく、断言した。

自分とれな子の未来は変わらない。

だから、君は君の好きなことをするべきなんだ、って。

ちょっと遠回しに、だけど誰よりも真唯らしく、紫陽花の背中を押してくれたんだ。

弱さも迷いも飲み込んで。他ならぬ、思い悩む友人のために。

その気高い姿が、紫陽花にはとても、美しく見えた。

「私には勝ち目、ないのかあ」

頬を緩めて笑う。

「れな子は優しいから、多少は迷うかもしれないけれどね。でも大丈夫さ。紫陽花に告白されて喜ばないはずがないだろうから。むしろ、私が君には申し訳ないことをしてしまった」

「どんなに全力を出してみても、届かないかな?」

「残念ながら。友達から見ても、紫陽花は確かに魅力的だ。しかし、相手が悪かったと言わざるを得ない」

真唯と言葉を交わすたびに、気持ちがもっと軽くなってゆく。

思えば、もしかしたら真唯はあの縁日でも、そういうことが言いたかったのかもしれない。

自分はれな子が好きだ。だから、安心して想いを告げるといい、と。

だとしたらなんて、なんて不器用な言葉だったんだろう。

なんだってうまくできる真唯らしくない。

でもそれこそが、真唯が自分の言葉で紫陽花に向き合ってくれていたという証拠だったのか

もしれない。

そっか。

伝えてもいいんだ。れな子に、この想いを。

右往左往《うおうさおう》して、感情に振り回されて、自分らしくないことだっていっぱいしちゃって、それでもがんばって鎮《しず》めようと努力して、ようやく諦められたと思っていたはずの、持て余していた想いが。

すぅっと体の中に溶けて、ひとつになってゆくような気がした。

「あのね……。私、こわかったの」

「ああ」

「だからずっと、今のままでいいんだって、自分に言い聞かせてきた」

「わかるよ」

「これは私が望んでいることだから、私はこうあるべきなんだからって、はみ出さないようにしていたの」

でも、膨張していく塊《かたまり》を閉じ込めるのは、無理だった。

いつかは、心の水槽が破裂してしまうだろう。

繋いだ手を離して、真唯が紫陽花の肩を抱く。

「生きるとは、変わることだ。環境によって、そして出会いによって、人は無限に変わってゆく。海を泳ぐ魚は、長い時を経《へ》て、空を飛ぶ鳥にだってなれる。変化を諦めてしまえば、もう人はなににもなれない」

「それでもね」

紫陽花は苦しそうに胸を押さえた。

「私はきっと、いつまでも、れなちゃんの天使でいたかったんだ」

「なにを言うんだ、紫陽花」

真唯が頭を傾《かし》げて、もたれかかってくる。

彼女の体温を感じる。

「On n'a qu'une vie. 人生は一度きり。女の子であるなら、恋をするべきさ」

真唯がささやいてきた。

「そして君は最初からずっと、ただの可愛い女の子だったよ」

紫陽花の視界がにじむ。

「なんだか……私が、告白されちゃってるみたい……」

「……そうだな、君よりも一足先に、勇気を出してしまったみたいだ」

真唯がそう言って笑う。

彼女が緊張していたという事実に、紫陽花は妙なおかしさを覚えた。

「真唯ちゃん、本当に、ありがとうね」

「いいんだ。紫陽花こそ……私の言葉を聞いてくれて、ありがとう」

水槽の前、影はひとつになっていた。

「つらいとき、寂《さび》しいとき。お互いに支え合うのが恋人なら。どんな苦境にあっても、立ち上がると信じている、ともに歩める相手。それが私にとっての、友達だから」

少し、真唯は照れているようだった。

「万が一ありえないことだけれど、たとえ背中を押したことが将来的に私の不利益になったとしてもね。そんな打算で友達を後悔させたら、私が王塚真唯ではなくなってしまう」

紫陽花もまた、真唯の背中に手を回す。

そんなにも真唯に想ってもらえる自分は、少し、誇らしく思えた。

「真唯ちゃんは、すてきだなあ」

「面映《おもは》ゆいね」

「ほんとに……ありがとう」

もう一度だけ、真唯の体をぎゅっと抱きしめる。

きっと大丈夫だと、紫陽花は思った。

この先なにがあっても、真唯との友情は続いてゆくだろう。お互いがどんなに変わっても、同じ少女を好きになって想いを交わしたこの瞬間は、永遠だから。

だから、もう大丈夫。

紫陽花は真唯から離れた。瞳の涙を人差し指で拭《ぬぐ》う。

微笑む。

「真唯ちゃん、見ててね」

「ああ、君が望むなら」

大きく深呼吸して、そうして。

紫陽花は、電話をかけた。

電話が繋がる。

「あ……えと、れなちゃん？　今、大丈夫かな。えっと……うん、あのね……」

ワガママを言うことにした。

「今から、会えないかな。うん、うん……ちょっとだけでいいから……うん、ありがと」

れな子の家の近くの公園を指定して、電話を切った。

くらっとして倒れそうな紫陽花の細い体を、真唯が支える。

真唯は柔らかく笑ってくれた。

「よくできたね、紫陽花」

「うん……緊張しちゃったあ」

まるで水槽を仲良く泳ぐ魚みたいに、ふたりは笑い合う。
それから、あらゆる重力を振り切るように、紫陽花は歩き出した。
軽やかな、その一歩を。

エピローグ

Friends? Lovers?


待ち合わせ場所の公園に向かうと、そこには紫陽花《あじさい》さんだけじゃなくて、真唯《まい》までいた。

いったいなんだろう。

辺りはもうすっかり暗く、相手が紫陽花さんじゃなければ、シメられそうな雰囲気だ。

まさか怒られるんじゃないよね……？　上着をひっかけて出てきたわたしは、慎重に問いかける。

「ええと……なんの集まりでしょうか？」

そう声をかけても、ふたりは顔を見合わせるぐらい。

わからない。こわい。

紫陽花さんが、一歩前に歩み出てくる。

夏の夜。少し肌寒いような、そんな季節の出来事だった。

「あのね」

「うん」

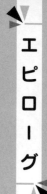

紫陽花さんは胸に手を当てて、大きく息を吸った。

「私ね、れなちゃん」

「う、うん」

なんか、わたしのほうが緊張してきちゃった。

「私って昔から、誰かのものを取るのが、すごく苦手だったの」

「そ、そうなんだ」

「うん……。誰かが使っているブランコとか、交代の時間になっても『代わって』って言えなくて。今使っている人が楽しそうにしているのなら、それでいいやって思ってたんだ。誰かを押しのけて、自分が楽しむってことが、どうしてもできなくて」

わたしはちらっと真唯を見やる。

これは、なんの話だろう。

しかし真唯は小さく肩をすくめるばかり。

……いいから聞きなさい、ってことかな。

紫陽花さんは、ぽつぽつと語る。

「弟たちの面倒を見るようになってから、その気持ちはもっと強くなっていってね。みんなが幸せそうにしているのを見るのが、私の幸せだと思ってた」

前に、紫陽花さんが言っていたことだ。

「クラスで誰かに誘われたときも、私を誘ってくれた人は、私と一緒にいたいから誘ってくれるわけでしょう？　なら、その人が楽しんでくれるなら、それでいいかなって。ずっとそう思ってた。自分は周りのことを考えているいい人だって」

紫陽花さんがふふっと笑う。

「ほんとにいい人が、自分のことをいい人だなんて思うわけないのに。私、ばかだな。ワガママ言わないようにって、ずっと我慢してただけだったの」

紫陽花さんの視線が、わたしに注がれる。

「れなちゃんが、私に教えてくれたんだ」

そこに込められている想いを、わたしは十分に理解することは、できなかった。

けど、並々ならぬ感情が詰まっていることだけは、伝わってくる。

「わ、わたしが？」

「うん……。れなちゃんはね、いつだって眩《まぶ》しくて、私の進む先を照らしてくれたんだ。れなちゃんがね、進む強さを私にくれたんだよ」

すぅ、と紫陽花さんがまた大きく息を吸って。

「だから」

そして。

夜空の下に、世界一きれいな言葉が、紡《つむ》がれた。

「れなちゃん、大好きです。私と付き合ってください」

しばらく、わたしはなにも言えなくて。

ただ真っ赤になった紫陽花さんの顔だけを見つめていて。

心臓の音がずっと大きく響いて。

わたしは。

もう、なにも考えられなくて。

「──は、はい……」

と、うなずいていた。

「…………………………うん？」

真唯のそう聞き返す声が、夜の公園に響いた。

瀬名紫陽花のお話

エピローグ

Friends? Lovers?

紫陽花《あじさい》は玄関に座って、ピカピカのローファーを履《は》く。久しぶりに袖《そで》を通した制服は、その高校生という証明が自分を少しだけ大人に導いてくれるみたいで、いい気分だった。

きょうから二学期が始まる。

早起きはしんどいけど、たくさんの友達たちとまた会えるのは嬉しい。人生はいつだって、幸せと不幸がいっぺんにやってくる。

おいしいものはいつか食べ終わっちゃうし、大切な人ができたら失うのが怖くなる。だからって、閉じこもったままでは生きられない。ドアを開けて、前に進まなければならないのだ。

出かけようとしたそのとき、呼び止められた。あなた宛よ、とお母さんに封筒を渡される。

怪訝《けげん》な顔をして、紫陽花は裏面を見やる。差出人は、スズキ写真館とあった。

「わ」

胸を弾《はず》ませながら封を開くと、そこには真唯《まい》と並んで撮った写真が封入されていた。

スターモデルの隣に自分が写っているだなんて、まるでアイドルと一緒に撮ったチェキだ。

「学校に持っていって、真唯ちゃんにサイン入れてもらっちゃおうかな」

顔をほころばせていると、気づく。他にも写真が入っている。

それは、三人が写っている写真であった。スタジオではなく、写真館内を見て回っている自分たちを、おじさんが気ままに撮ってくれたものだ。

真唯とれな子と紫陽花が横に並んでいて、真ん中に立つれな子がファインダーに向かって控えめなピースをしてる。さらに頬が緩《ゆる》んだ。

「……いいなあ、この写真」

みんなにも見せてあげよう。リュックにしまい込んで、改めて家を出る。

「いってきまーす」

外は晴天。足取りは軽やか。秋の匂いを運ぶ、穏やかな風が流れていた。

駅のホームで電車を待つ紫陽花に、声がかかる。

「おはよ、会長」

振り返る。制服を着た彼女は、こないだの夏休みに遊んだ友達のひとりだった。

「あ、友梨《ゆうり》ちゃん。うん、おはよう」

「会長もきょうから学校？」

「うん。久々に早起きしちゃったから、眠いよー」

「あたしも」

ふふっと笑い合う。

隣にやってきた彼女はしかし、目を伏せた。

「あのさ、会長。こないだはごめんね。いろいろと会長のこと、いじっちゃって」

「え？　ううん、ぜんぜん気にしてないよ」

「いやー、好きな人の話とか、かなり突っ込んで聞いちゃったりしてさ。感じ悪かったかなあって。あたしたちみんな、ひそかに反省してたんだ」

「そっかぁ。みんなに気を遣《つか》わせちゃったねえ」

「ほら、会長ってなに言ってもニコニコしててくれるから、あたしたちってやっぱり調子に乗っちゃうところあってさ。ほんとごめん。そうだ、あたしのお昼ご飯のお弁当いる？」

「ふたつも食べられないよお」

紫陽花は笑って、首を横に振った。

まもなく電車がやってくる。

「あのね、友梨ちゃん」

「なになに？」

まるで通学路に咲いていた花の色を教えてあげるような、ほんのりと嬉しそうな声で。

紫陽花が告げる。

「私ね、こないだ告白したんだよ」

駅のホームに、けたたましい声が響いた。

「ええー、会長が!?　ど、どんな人……!?　会長と釣り合うような人なんて……もしかして、王塚《おうづか》真唯とか!?」

「ふふっ、違うよ」

紫陽花は微笑む。

唇に指を当てて、舌で飴《あめ》を転がすように、ささやいた。

「私の手を引いて、守ってくれた、とってもかわいい天使さんだよ」


あなたの幸せが、私の幸せ。

だけど——私だって、私の幸せを摑みたい。

言葉にしてみれば、それはきっと、ただそれだけの願い。

なのに、気づけなかった。気づかせてくれたのは、れな子だった。いつだって自分の幸せを求めてひたむきに走り続ける、彼女のおかげだ。

夏休みが終わり、紫陽花の恋はここから始まる。時計の針もまた、進み続ける。

願わくばこの線路の行く先が、幸せへと——続きますように。

あとがき

ごきげんよう、みかみてれんです。

このたび『わたしが恋人になれるわけないじゃん、ムリムリ！（※ムリじゃなかった⁉）』の3巻を手に取っていただき、ありがとうございます。

6月に限界を迎えたれな子の陽キャ生活も、夏休みとなりました。おうちで毎日ゲーム三昧《ざんまい》のれな子に、再び降りかかる騒動やいかに、というお話です。


そして、おまたせしました。

無事、2巻あとがきでの公約を実現できました。

リングフィットは続けられませんでしたが、まあ、リングフィットが続いていて3巻が出ない世界線よりは、いい結果じゃないですかね！（開き直り）

今回の主役は、紫陽花《あじさい》さんです。1巻かられな子に振り回され続けてきた彼女が過ごす、ひと夏の物語です。こう書くと、かなりエモな感じがします。

古来より、女の子と夏、女の子と旅行、女の子と花火などは、いかにもエモの象徴として扱われてきました。

であれば、女の子が女の子に恋するガールズラブコメディとは、**2倍相性がいいのも必然。**

ところで、わたしは3巻の本文を書いている最中、何度も『**麦わら帽子に真っ白なワンピースを着た紫陽花さん**』の幻覚を見たんですが、書き終わってみればそんな描写は一行もありませんでした。怖い話かな？

夏はホラーの季節でもありますからね……。

今までのわたなれとはちょっと雰囲気の違う、3巻を楽しんでいただけたら、幸いです。

紫陽花さんが新たなる一歩を踏み出し、舞台は4巻へと続いていきます。

読者の方々が、『わたなれっていう面白いガルコメがあるんだよ！』とあちこちでお話ししてくださったおかげで、**どうやら4巻も出せそうな気配がしています。**嬉しいね、とても……。

4巻はついに、謎多き美少女、小柳《こやなぎ》香穂《かほ》のメイン回です。

わたしも、今まで溜め込んだ香穂ちゃん力を、大爆発させるつもりです。4巻を読んだ方の5人にひとりが『香穂ちゃんがいちばん好きになっちゃった！』と思ってくれるように、がんばります。

あと、れな子の苦悩と決断もあります。がんばれ、がんばれな子……。

それでは謝辞です。

イラストを手掛けてくださった竹嶋《たけしま》えくさん、今回もありがとうございます。竹嶋さんのおかげで「グループの面々をもっともっと魅力的に書きたい！」とパワーをもらえています。

また、担当のK原さん、さらにこの本を作るために関わってくださった多くの方々、心からありがとうございます。令和のガルコメもついに3巻ですよ！　これからも女の子と女の子のお話を作っていきましょうね。

そしてなによりも、この本をお手に取ってくださった方や、この本を売るためにがんばってくださった書店員の方々に、大きな感謝を。

2巻のあとがきにて述べた公約を実現させることができたのはもちろん、今この本を開いてくださっている方々のおかげです。

わたなれで書きたい物語は、まだまだたくさんあります。花の名をもつ少女のように、少しだけワガママを言わせてもらえるのならば。4巻だけではなく、その先も続けられるように。ぜひこれからもお力添えくださいませ。

怒濤《どとう》の二行宣伝タイム！　むっしゅ先生が作画してくださっている『**わたなれコミカライズ2巻**』も、**4月19日**に発売しております！　あと『**ありおと**』のほうもよろしくね！

それでは、またどこかでお会いできますように！　みかみてれんでした！

この作品の感想をお寄せください。

あて先　〒101-8050　東京都千代田区一ツ橋2-5-10
集英社　ダッシュエックス文庫編集部　気付
みかみてれん先生　竹嶋えく先生

ダッシュエックス文庫

わたしが恋人になれるわけないじゃん、
ムリムリ！（※ムリじゃなかった!?）3

みかみてれん

2021年 4 月28日　第1刷発行
2024年11月11日　第6刷発行

★定価はカバーに表示してあります

発行者　瓶子吉久
発行所　株式会社　集英社
〒101−8050　東京都千代田区一ツ橋2−5−10
03（3230）6229（編集）
03（3230）6393（販売／書店専用）03（3230）6080（読者係）
印刷所　TOPPAN株式会社
編集協力　梶原　亨

本書の一部あるいは全部を無断で複写複製することは、
法律で認められた場合を除き、著作権の侵害となります。
また、業者など、読者本人以外による本書のデジタル化は、
いかなる場合でも一切認められませんのでご注意ください。
造本には十分注意しておりますが、乱丁･落丁（本のページ順序の
間違いや抜け落ち）の場合はお取り替え致します。
購入された書店名を明記して小社読者係宛にお送りください。
送料は小社負担でお取り替え致します。
但し、古書店で購入したものについてはお取り替え出来ません。

ISBN978-4-08-631412-1 C0193
©TEREN MIKAMI 2021　　Printed in Japan